大作家童话

HERMANN HESSE

Iris

鸢尾花

[德] 赫尔曼·黑塞——著
印芝虹——译

陕西师范大学出版总社

图书代号：WX18N1304

图书在版编目（CIP）数据

鸢尾花 /（德）赫尔曼·黑塞著；印芝虹译．— 西安：陕西师范大学出版总社有限公司，2019.1（2024.5 重印）

ISBN 978-7-5695-0211-4

Ⅰ．①鸢…　Ⅱ．①赫…　②印…　Ⅲ．①童话 — 作品集 — 德国 — 现代　Ⅳ．① I516.88

中国版本图书馆 CIP 数据核字（2018）第 198653 号

鸢尾花

YUAN WEI HUA

［德］赫尔曼·黑塞 著　印芝虹 译

责任编辑　焦　凌
特约编辑　陈巧文
责任校对　高　歌
装帧设计　COMPUS·汐和
出版发行　陕西师范大学出版总社
（西安市长安南路 199 号　邮编 710062）
网　　址　http://www.snupg.com
印　　刷　天津鸿景印刷有限公司
开　　本　787mm×1092mm　1/32
印　　张　5.5
字　　数　90 千
版　　次　2019 年 1 月第 1 版
印　　次　2024 年 5 月第 2 次印刷
书　　号　ISBN 978-7-5695-0211-4
定　　价　39.80 元

目 录 | Contents

凡尔杜

年 集

通往凡尔杜城的大道绵延伸展，穿过丘陵广布的国土，时而傍着一片片树林或葱绿、广阔的牧场，时而挨着大片大片的玉米地；越靠近凡尔杜城，沿途的农庄、乳牛场、花园和乡村别墅就越多。大海在千里之外，遥不可见；似乎这世界除了矮小的山丘和秀丽的小山谷，除了牧场、森林、农田与果树草地，再没有其他东西。这是一个不缺水果与坚果、不缺牛奶与鲜肉、不缺木材的国度。乡村漂亮干净，民众正直勤劳，不喜欢危险、刺激的活动；如果生活水平与邻人相若，每个人都心满意足。这就是凡尔杜国的模样。世界上大多数国家亦是如此，只要别发生什么不寻常的事。

这天早上，打第一声鸡叫起，通往凡尔杜城（与国家同名）的漂亮大道上就车水马龙，热闹非凡。这番景象一年只能见到一回，因为今天城中要举办大集市。这几周来，方圆二十里的人们——无论是农夫村妇、师傅伙计，还是长工女仆、小伙姑娘——没有哪个不做梦都想着去的。当然不是所有人都能成行，牲口与小孩、病残与老弱也需留人照料。谁要是“中了彩”，不得不留下来看家护院，他的生命就仿佛白费了一年。即便一大早上，灿烂的太阳就温暖喜庆地悬在夏末蔚蓝的天空上，他也感到很不痛快。

主妇与女仆们挎着小篮子出发；小伙子们刮净了脸，每人在纽扣眼中插一朵丁香或紫菀，一身周末打扮；女学生们头发仔细编成的辫子，在太阳底下湿湿的发亮；驾着马车的人在马鞭柄上系一朵花或一条小红带，有钱的还会在马具上套上宽大的装饰皮件，上面挂满擦得锃亮的黄铜片，一直挂到马的膝盖。栅栏马车队驶来了，车上用弯曲的山毛榉树枝搭了绿色的顶棚，顶棚下挤满了人，怀里抱着篮子或孩子，多数人在大声合唱。车流里有时会跑出来一辆特别漂亮的马车，上面插满彩旗和各色纸花，红的、蓝的、白的，夹杂在绿色山毛榉叶间；车内流出响亮的乡村音乐，树枝间半明半暗处能看到金色的圆号与小号可爱地闪烁着。打太阳一出来就赶路的孩子们哭起了鼻子，满头大汗的母亲哄劝着；有些人碰到好心的车夫，搭上了便车。一个老妇用童车推着一对双胞胎，两个都睡着了，枕头上熟睡的脑袋之间躺着两个布娃娃，有着同样圆圆的红脸蛋，穿着漂亮衣服，头发整齐。

谁要是住在路边，今天又没有上路赶年集，看着眼前应接不暇的景象，就会度过愉快的早晨。不过这样的人是少数。一处花园台阶上坐着一个十岁的小男孩，他在哭，因为他要和祖母留在家中。等到坐够了哭足了，正好看见村里的几个男孩跑过，他便跃身跳到大街上，加入他们的队伍。离这儿不远住着一个老光棍，对年集一点也不感兴趣，因为他心疼钱，他计划在今天这个到处充满欢庆的日子里，安安静静地修剪花园高高的山楂树藩篱，因为那树篱必须得修剪了。没等晨露稍干，他就拿着他的大剪刀干劲十足地开始了。可是还不到一小时，他便停下来不干了，生气地溜进屋内，因为没有哪个路过的小伙子——无论是走过还是坐车经过——不惊讶地看他修剪树篱，拿这不合时宜的勤快开玩笑的，而姑娘们则跟着大笑。当他恼火地举着长长的剪刀吓唬他们时，所有人都笑着朝他挥舞帽子。这会儿他正坐在屋里紧闭的窗户后，透过窗缝忌妒地向外张望。等到怒气慢慢消失，又看到最后一小拨赶集人匆匆而过，好像赶着去领受赐福似的，他便也穿上靴子，往钱袋里装了一塔勒[1]，拿上拐杖准备出发。这时他快速闪过一个念头：一塔勒太多了。于是又把钱拿出来，换成半塔勒装回去，收紧袋口。他把钱袋藏入口袋，锁上屋子和花园的门，快步赶路，竟然在进城的路上超过了一些步行的人——还有两辆马车！

他走了，房子与花园空了，大道上的尘土开始渐渐沉降，马蹄声与器乐声减弱、消散，麻雀从收割后的农田那边飞过来，沐浴在白色尘埃中，查看嘈杂的人群有什么落下的东西。大道上空空如也，死寂、闷热，远处还不时飘来微弱、缥缈的欢呼声和听似圆号的乐声。

这时，从森林中走出一个男子，宽阔的帽檐低低压下，遮住了他的眼睛，他不紧不慢地独自走在荒凉的大街上。他身材高大，步伐稳重，像是经常徒步旅行的人。他一身灰衣，毫不显眼；帽檐下的眼睛认真安静，仿佛对世界再无所求，却又全神贯注于每一件事，从无遗漏。他看到数不清的凌乱车痕，看到一匹马的蹄印，看到远方一片尘雾中，山丘上小小的凡尔杜城里那些闪闪发光的屋顶，还看到一处花园里有个矮小的女人

1 18 世纪仍在德国流通的银币。

万分惊慌，焦急乱窜，她在呼唤某人却不见回应。他看到路边闪动着细微的金属光泽，俯身捡起一枚锃亮的黄铜圆片——那是从哪匹马的项圈上掉下来的——他把它藏在身上。他还看到大道旁刚被修剪了部分的老山楂树树丛。活儿一开始干得仔细利索，兴致盎然，越到后面就越显糟糕——篱笆一会儿剪得太低，一会儿又有忘剪的枝杈乱蓬蓬地戳出来。此外，陌生男子还在大道上看到一个布娃娃，它的脑袋估计被车轮碾过；找到一块黑麦面包，上面融化的黄油还闪闪发光；又发现一个结实的皮钱袋，里面藏着半塔勒。他把布娃娃靠在路边的挡车石上，把面包掰碎了喂麻雀，把装着半塔勒的钱袋塞进了口袋。

荒凉的大道上极为宁静，沿路两侧的草坪落了厚厚的灰，草都被日头晒蔫了。邻近的一户农庄四下无人，只有鸡在到处乱跑，在温暖的阳光里说梦话般地咯咯叫着。一处淡青色的白菜园里，一位老妇人弯着腰，在干燥的地上拔杂草。男子喊她，问到城里还有多远。然而后者是聋子，他更大声地喊，她只是无助地看着他，摇晃满头灰发。

他继续走，不时听到城市那边传来音乐，忽而喧哗，忽而沉寂，越来越频繁、持续，最后就像远处的一道瀑布似的响个不停，音乐喧嚷、人声鼎沸，仿佛全人类都在那里同享欢乐。

大道一旁有条宽阔的小溪静静流淌，水面上有几只鸭子在游，水面下摇曳着棕绿色的水藻。大道开始上坡，溪流则拐向一侧，一座石桥跨过溪流。低矮的桥栏上坐着一个男人，是个瘦削的裁缝。他垂着脑袋在睡觉，帽子掉在尘土里；旁边坐着一只滑稽的小狗，看护着他。陌生人想叫醒睡觉的人，怕他在熟睡中翻过桥沿掉下去。但他瞥了眼桥下，看到桥不高，溪水也很浅，便由着裁缝继续坐着睡。

经过一段小小的陡坡后，迎面便是凡尔杜城的城门。城门大开着，却看不到一个人。男子穿过城门，他的脚步在石子路面的巷子中发出响亮的回声。巷子两侧沿着各家房屋停了一长溜卸下了牲口的空马车。其他巷子里传来低沉的吵闹声，这里却不见一人。小巷里只有楼上的窗户映照着金色的日光。男子在这里稍事歇息，坐在一辆侧栏马车的车辕上。待准备继续前行时，他把在城外捡到的那枚黄铜片放在车夫的座位上。

他还没走出那条巷子，就被喧哗声与年集的闹腾包围了：成百上千个小摊贩叫卖着他们的货物，孩子们吹着镀银的小号，屠户从沸腾的大锅里捞出整串整串油乎乎的新鲜香肠。一个江湖郎中站在一个高高的台子上，厚厚的眼镜片儿后巨光热忱。他挂起一块板子，上面写的尽是各种跌打损伤和疑难杂症的名称。一个留着黑长发的人从他身边走过，用绳子牵着一头骆驼，那牲畜伸着长长的脖子，高傲地俯视人群，咧开的嘴来回嚼动。

森林里来的男子全神贯注地望着这一切，任自己被人潮推来挤去。他这里瞧瞧卖连环画的摊子，那里看看裹了糖的胡椒蜂蜜糕上雕的名言警句，但哪儿都不停留，一副还没找到要找的东西的模样。他缓慢地朝前移动，来到巨大的主广场，有个卖鸟人窝在角落里，小笼子中传出红雀、鹌鹑、金丝雀、篱雀的声音。男子细听了一会儿，轻轻吹起口哨回应它们。

突然，他看到旁边闪烁着明亮耀眼的光，似乎所有的日光都聚焦于一点之上。他走近了些，发现是面大镜子，挂在一个小木棚里。大镜子周围还挂着其他镜子，数以百计，有大的、小的，有方的、圆的、椭圆的，有挂壁镜，也有立地镜，还有手镜以及又小又薄的口袋镜——可以随身携带，叫人不会忘掉自己的长相。卖镜人站着，一边拿一面手镜捕捉明亮的阳光，再让闪耀的反光在他的摊子上舞动，一边不知疲倦地叫喊：“镜子，先生们，来这儿买镜子！凡尔杜最好最便宜的镜子！女士们，漂亮的镜子！往这儿看哪，全是货真价实的上等水晶做的！”

陌生男子在镜摊前站定，就像找到了寻觅已久的东西。看镜子的人中有三个年轻的乡下姑娘。他站到她们旁边，看着。这是三个活泼、健康的农家姑娘，不漂亮也不难看，穿着厚底鞋与白袜子，梳着金色的、晒得发亮的辫子，眼神热忱、年轻。三个人手上都拿了面镜子，但都不是又大又贵的那种。她们犹豫着，品咂着选择的迷人痛苦；每个人魂不守舍地望向光亮的镜子深处，观察自己的容貌——嘴、眼睛、脖颈上的小饰品、鼻子上的点点雀斑、齐整的发缝与粉红的耳朵；她们安静而严肃，看着镜子里三双喜气洋洋的大眼睛，以及望着自己的镜像。

“啊，”他听到第一个姑娘说，“我多想有一头金色的长发，一直垂到我的膝盖！”

第二个姑娘听到女伴的愿望，轻轻地叹了口气，更加恳切地望向镜中。接着，她也羞红了脸，说出心中梦想：“我——如果我可以许愿——我想拥有最最美丽的双手，雪白、娇嫩，手指细长、纤瘦，有着粉红的指甲。”说着，她望向自己握着椭圆形镜子的手：它不难看，但手指粗短、手掌厚实，是整日劳作的结果。

第三个姑娘——三人中最小、最快乐的一个——笑了，高兴地喊：“这个愿望不赖。但你可知道，手并没那么重要？要是从今天起能成为凡尔杜最灵巧的舞者，我就最开心了。”

这时，姑娘突然吓了一跳，转过身来，因为她在镜子中看见身后有一张陌生的脸，脸上有一双闪闪发亮的黑眼睛。她们三个始终不曾察觉到站在身后的男人。这会儿她们惊讶地看着他的脸，而他则朝她们点点头，说：“你们刚刚许下了三个美好的愿望，姑娘们。你们都是当真的吗？”

最小的那个把镜子放在一边，双手藏到背后。她来了兴致，想让这个男人为她受到的小小惊吓付出代价，并已经在考虑说句什么刻薄话；但是当她看着他时，他眼中蕴藏的力量令她不知所措。“我许了什么愿望，关您什么事？”她只说出这么一句，脸就红了。

但是另外那个许愿要一双纤细的手的姑娘，觉得可以信任这个高大的男子，他身上有着某种父亲般的、令人尊敬的东西。她说：“是的，我们是认真的。难道还能有更美好的愿望吗？”

卖镜人靠了过来，其他人也侧耳倾听。陌生男子将帽檐推高，露出亮堂的额头和威严的眼睛。他朝三个姑娘友好地点点头，笑着大声说道：“看，你们许愿的东西，都已经有了。”

姑娘们互相看了一眼，而后迅速地看向镜子，三个人既惊讶又喜悦，面色发白。第一个姑娘得到了一头浓密的金色秀发，那秀发长得垂到膝盖；第二个握着镜子的手变成了最雪白、最细长的公主的手；第三个突然换上了一双红色的皮舞鞋，踮着细长的脚尖，宛如一只鹿。她们不敢相信眼前发生的一切，惊愕得说不出话来。拥有美丽双手的姑娘激动地流出了眼泪，她靠在女伴的肩头，欣喜的泪水直流到金色的长发上。

这个奇迹般的事件从镜子摊的惊呼声里开始传开了。一个年轻的手工匠目睹了整个过程，他瞪大眼睛站在那里，盯着陌生男子，仿佛石化了一样。

“你自己不想要些什么吗？”陌生男子突然问他。工匠吓了一跳，完全迷糊了，目光无助地四处转动，想瞅瞅有什么东西可以让他许愿的。这时他看到肉铺的摊前挂着很大一圈又粗又红的脆香肠，他指向那里，结结巴巴地说：“我想要一圈那样的脆肠。”看哪！一圈香肠已经挂到了他的脖子上。围观的人们笑着大喊起来，每个人都试图挤得更靠近些，每个人都想许个愿。他们也都如愿以偿。下一个轮到的胆子变大了，许愿要一套全新的周末礼服，几乎没等他说完，他便身着华美崭新的衣服，市长穿的也没他好。接着来了一个乡下妇女，她鼓起勇气说想要十个塔勒，说着塔勒马上就在她口袋中叮当作响。

这下人们见证了真正的奇迹发生，消息野火一样传遍了集市广场，传遍了整座城市。很快，人们围着卖镜人的摊子挤成一个庞大的圈。很多人开起了玩笑，可有一些人全然不信，一副怀疑的口气，还有很多人已被欲念灼烧得双眼发红，满脸发热地跑过来，表情中充满渴求与担忧——每个人都生怕泉眼会在自己喝到水之前干涸。男孩们许愿要糕点、弓弩、小狗、一袋袋坚果、书本和玻璃球；女孩们穿着新衣服，戴着丝带、手套，打着新的遮阳伞幸福地离开。一个十岁的小男孩，受年集的盛况感染，摆脱所有的约束，从祖母身边跑出来，用清脆的嗓音表示想要一匹小马驹，还一定得是黑色的，瞬间，他身后就有一匹黑马驹在嘶叫，脑袋亲昵地摩擦他的肩膀。

一个老光棍手里拿着一根徒步杖，挤过被魔法完全迷住的人群，颤抖地走上前来，情绪激动得几乎说不出话。

“我想要，”他结巴地说，“我想……想要两百个……”

这时，陌生男子细细打量他，从口袋中掏出一个皮钱袋，举到这个兴奋的小个子眼前。“等一下！”他说，“这个钱袋不是您丢的吗？这里面有半个塔勒。”

“对，是我丢的。”光棍喊道，“这是我的。”

“您还想要它吗？”

“要，要，给我！”

他得到了他的钱袋，但这样就把许愿机会用掉了。意识到这点，他便满腔怒火地举起拐杖挥向陌生男子，但没有打中，只打落了一面镜子。镜子的破碎声还没消散，卖镜人已经站在一旁，要求赔偿，光棍只好掏钱。

现在走上前来的是一个肥胖的房主，许愿要一笔资产好为他的房子盖新屋顶。紧接着，一整片铺着新瓦、砌着刷了白灰的烟囱的屋顶便在他家所在的巷子里闪耀。所有人又骚动起来，他们的要求越来越高。不久便有个恬不知耻的人，许愿要一座建在集市广场上的四层新房子，一刻钟后，他已经躺在高楼窗台上，从那里看着年集。

这个时候，年集已不再是年集。城市所有的活力都来自镜摊所在之处，就像河流的源头。这里有那个陌生男子，这里人们可以许下愿望。每一个愿望都伴随着惊叹、忌妒和笑声。一个饥饿的小男孩只许愿要了满满一帽子李子；同样是一顶帽子，一个不那么客气的人用塔勒填满了它。一个臃肿的女贩子许愿除去她沉甸甸的瘤子，男子给她变没后，引来满场的欢呼与掌声。但愤怒与忌妒却在这时显露出它们的能耐：女贩子的丈夫与她生活不睦，他改变了原可让自己发财的愿望，许愿让消失的瘤子再回到它的老地方。既然有了一回这样的例子，人们便带了大群伤残病弱者过来。当残疾者开始跳舞，盲人幸福地迎来光明，人群又陷入新的狂喜中。

这期间，年轻人早已跑遍角角落落，把美妙的奇迹四处宣扬。据称有个忠实的老厨娘，透过窗户听到这些叫喊时，正站在灶台前为她的主人家做烤鹅。她没能抵挡住诱惑，从灶上跑开了，赶去集市广场，想许愿让生活迅速变得富裕而幸福。可是她在人群里越往前挤，她良心的敲打声就越清晰。等轮到她许愿的时候，她就把自己原先的想法全打消了，只求等她回去时，鹅没有烤焦。

喧闹没有止境。保姆们怀抱着她们的孩子从房子里冲出来，躺在床上的人穿着衬衣就急急忙忙往街上跑。有个矮小的女人失魂落魄、伤心绝望地从乡下徒步赶来，当她听到这些传闻，便抽泣着请求能让她走失的孙子安然无恙地回到她身边。瞧，那个男孩立刻就骑着一匹黑色的小马驹奔过来，笑着扑进她的怀中。

最后，整个城市的人们都聚集在一起，其乐融融。情侣们实现了愿望，手挽着手漫步；贫穷的家庭乘着四轮马车，身上还穿着今早打过补丁的旧衣裳。许多人这会儿已经在后悔自己许下的愚蠢愿望，要么伤心地离开，要么在广场的古老喷泉里痛饮以求遗忘——有个爱开玩笑的家伙借许愿给喷泉灌满了顶好的酒。

最终，凡尔杜城对这奇迹还一无所知，什么愿望也没许的就只剩下两个人了。那是两个年轻人，他们待在郊区一栋老房高高的阁楼上，窗户紧闭。一个站在房间中央，夹着小提琴，忘我地演奏着；另一个坐在角落里，双手撑着脑袋，完全沉浸在音乐中。傍晚的斜阳透过小窗玻璃照射进来，在破裂的墙纸上跳动，把桌上的花束映成了深红色。整个房间充满温暖的光线和热情的小提琴声，仿佛宝石光辉满溢的一个秘密宝库。提琴手在演奏中来回轻晃，闭着双眼；聆听者目不转睛地注视地面，陶醉地坐着，仿佛迷失了灵魂。

这时巷子里传来响亮的脚步声，房子大门被撞开，沉重的步伐砰砰地顺着楼梯一路向上直到阁楼。是房东。他一把拉开门，大笑着朝房间里嚷嚷，小提琴声突然中断，沉默的聆听者狂暴地跳起来。提琴手也为自己被打扰感到郁闷和愤怒，满眼责备地看着笑容满面的房东。但对方并不在意，像个醉汉似的挥动着胳膊，喊道："你们两个笨蛋，还坐在这儿拉琴，外面整个世界都变了。醒醒吧，快点跑，免得去晚了。集市广场上有个男的，他能为每个人实现一个愿望。你们就不用再住阁楼了，还老欠着那么丁点儿的房租。起来快走，要不就晚了！我今天也变成有钱人了。”

提琴手闻此感到惊讶，由于房东让他不得安宁，只好把琴放一边，戴上帽子；他的朋友一声不吭跟在后面。未及走出房子，他们已看到半个城市起了翻天覆地的变化。他们不安地走过一幢幢房子，如在梦中，因为这些房屋昨天还灰蒙蒙的，又歪又矮，这会儿却富丽堂皇，犹如宫殿。他们认识的那些乞丐，或乘着四驾的马车，或趾高气扬地从漂亮房子的窗户向外张望。一个看上去像裁缝的精瘦家伙，身后有条小狗跟着跑，他满头大汗、气喘吁吁地拖着一只沉重的大口袋，袋子上有个小孔，不停有金币掉出来落在石子路面上。

两个年轻人下意识地走到集市广场，来到镜子摊前。陌生男子站在那里，对他们说：“你们俩倒一点儿都不着急许愿。我正准备走了。说吧，你们想要什么，不要有什么压力。”

提琴手摇摇头，说：“唉，您能让我安静待着就好了！我什么都不要。”

“不要？再想想！”陌生男子喊道，“只要你能想出来的，你尽可以许愿。”

提琴手闭上眼睛，想了一会儿，然后轻声说：“我想要一把小提琴，用它演奏出异常美妙的音乐，让整个世界和它的嘈杂都不能再靠近我。”

瞬间，他双手已经捧着一把漂亮的小提琴和一支琴弓。他把小提琴架在肩上，开始演奏，那甜美有力的声音就像天堂曲，谁听到了，都会停下脚步，眼神变得庄重。而提琴手，当他愈加陶醉地演奏时，便被那无形的力量裹挟提升，消失在空中，而他的音乐如晚霞般带着轻柔的光辉仍从远方飘来。

“你呢？你想给自己许什么愿？”陌生男子问另一个年轻人。

“这下您把提琴手也给我弄没了！”年轻人说，“我对生活除了聆听与观赏别无所求，只喜欢去想那些永不消逝的东西。因此我许愿，让我成为一座山，和凡尔杜国一样大，峰高凌云。”

此时，地底下发出雷鸣般的声音，一切都在晃动。玻璃叮当作响，镜子一面接一面落在石子路上摔成碎片，集市广场晃动抬升，像一只睡醒的猫在布面下弓起了自己的背。一阵巨大的惶恐掠过人群，成千上万的人惊叫着从城中逃向旷野。留在集市广场的人们看到城市后方升起一座高山，直抵晚霞，看到那条安静的小溪化作一片狂野的白色洪流，从高高的山上跌宕着翻腾而下，汹涌地奔向山谷。

一眨眼工夫，整个凡尔杜国变成了一座巍峨高山，山脚坐落着城市，再远处可以看见大海。没有一个人在这座山升起时受伤。

有位老人站在镜子摊边目睹了一切，他对邻人说：“世界变糟了，我很高兴自己没几年可活。不过那个小提琴手令人遗憾，我想再听他拉一次。”

“是的。”邻人说，“你们看啊，那个陌生人哪里去了？”

他们四下环顾，陌生男子不见了。当他们抬头望向那座新出现的大山时，那男子正向山巅走去，衣袂飘飘；他们见他面向晚空站立了一会儿，然后高大无比的身影消失在了峭壁之后。

大 山

万物易逝，一切新的终将成旧。那次年集已过去多年，当年许愿发家致富的，有些早已重新落入贫穷；有着金色长发的姑娘早已嫁人，生了孩子，每年夏末他们都能自己去城里赶集了；拥有灵巧的舞蹈之足的姑娘成了城中一位能工巧匠的太太，现在她跳的舞还是那么优美，胜过好些年轻人，尽管她的丈夫当初许愿得到了许多钱，但看起来，这两个有趣的人会在有生之年把钱都花完。第三个姑娘，那个得到了美丽双手的姑娘，是所有人中最常想起镜摊边陌生男子的。这个姑娘没有结婚，没有变富，但纤细的双手一直为她所有，并且为让这双手不再做农活，她干着村庄十分需要的工作：照看孩子们、给他们讲童话故事。孩子们就是从她这里知道了那次神奇的年集，知道了穷人如何变富、凡尔杜国怎样化作大山。每当讲起这个故事，她就会兀自微笑着望着前方，凝视她修长的、公主般的手，充满感动与爱，让人不禁相信，当初在镜子摊边，没有谁比她更加幸运地抽中头奖了——虽然她一直贫穷、孑然一身，只能向别人的孩子讲述她动人的故事。

当初年轻的，如今变老了；当初年老的，如今故去了；亘古不变、岁月无痕的只有那座山。当白雪在山顶闪耀着足以透过云彩的光芒，山似乎在微笑，似乎为自己不再为人，不再需要按人类的时间来计算年岁而感到高兴。山崖高耸，在城市与乡村之上闪耀。它巨大的阴影每天在大地上逡巡，小溪与大河昭示着一年四季的来临与逝去，大山成了万物的父亲，守护着一切。森林在它身上生长，草原上遍布迎风招展的青草与鲜花；它出产泉水、积雪、冰川和岩石；石头上长满斑驳的苔藓，小溪边开满勿忘我。山中有洞穴，洞里的水像银线一样年复一年从顶岩滴落，声音永远不变；它的裂缝中存在隐秘的暗室，水晶在里面以千年的耐心生长。山顶从未有人踏足，但据称巅峰处有一个圆形的小湖，除了太阳、月亮、云朵与星辰，不曾有过其他倒影。没有任何人或者动物目睹过这个圆湖——那是大山用来映照天空的，连老鹰也飞不到这样的高度。

凡尔杜人快乐地在城中和众多山谷中生活。他们为孩子洗礼，他们经营买卖，他们安葬同伴。从祖辈传承到孙子并将永远保存的，是他们关于大山的故事与梦想。牧人与猎手、昆虫学家与植物学家、放牛者与旅行者丰富着这个宝藏，诗人与说书人则将它的名声远播。他们熟知幽暗的无底洞穴，熟知隐蔽于缝隙中照不到阳光的飞瀑，熟知裂缝深深的冰川；他们学会辨识雪崩的坑道与莫测的天气。只要与凡尔杜有关，温度、降水、作物、天气，一切都由大山决定。

早先的那些事，无人再知晓。或许还流传着关于那次奇特年集的美丽传说：凡尔杜的每个人都可以在那里祈愿。但如果说大山也是那一日形成的，没人相信。大山，无疑自万物初始就矗立在它的位置，而且将永远矗立于此。大山就是家乡，大山就是凡尔杜。不过，三个姑娘的故事以及小提琴手的故事，人们倒是津津乐道。每个年代里，都会有这样的年轻人，关在紧闭的门后，深深沉浸在演奏中，梦想着有朝一日消融在动听的乐曲中，随它飘散——就像升上天空的小提琴手。

大山巍然长存。每个白昼，它看着通红的太阳远远地从大海升起，绕着它的山顶走一个圆弧，从东往西；每个夜晚，星星也安静地在山顶上空行走。每一年冬天，冰雪将它深深包裹；每一年雪化的季节，崩塌的雪找寻它们的路。而在残雪的边缘，那些夏季花朵张开它们淡蓝、淡黄的笑眼；跳跃的小溪愈发丰盈，湖泊在天光中暖暖地泛蓝。看不见的裂缝中，暗流发出低沉的隆隆声，而山顶最高处的圆形小湖，覆盖在厚厚的冰层之下，等候整整一年，只为在盛夏之际短暂地睁开它明亮的眼睛，有那么几天倒映太阳，有那么几夜倒映星星。幽暗的洞穴中淌着水流，岩石在永恒的水滴下叮咚作响；隐秘的深渊内，千年的水晶继续生长，臻于完美。

山脚下，比城市稍高些的地方坐落着一处山谷，山谷中有一条水面清亮的宽阔小溪，从桤木林与草地间流淌过去。相爱的年轻人来到这里，向大山与树林学习四季的神奇之处。另有一个山谷被男人们用来练习骑马与射击，而在一个陡峭高耸的岩峰上，每年夏至夜晚都会燃起熊熊烈火。

岁月流转。大山保护着爱情谷和射击场，它为高山牧民、伐木匠、猎人以及筏工提供工作场所，它提供石头用于建筑，提供铁矿用于熔铸。它目光淡然，任凭岩峰上燃起第一把夏夜之火，再看那火千百回地重现。它看到山底的城市不断扩张，张着细小、粗短的臂膀，越过旧城墙向它扑来；它看到猎人抛却了弓弩，改用火枪射击。它历经一个个世纪就好似一个个季节，一个个年头则如同一个个钟点。

岁月的长河中，某一年夏至之夜，岩峰上不再燃起炽红的火焰，那火焰从此被永远遗忘，它不在意；岁月的长河中，射击训练的山谷变得荒芜，跑马道成了车前草和飞廉草的大本营，它不担忧；岁月的长河中，山体的崩塌改变了它的形状，滚落的岩石将半个凡尔杜城化为废墟，它不阻止。它几乎不向下看，所以它没看见，被毁的城市一片废墟，再未重建。

这一切它并不关心，它在考量另外的事情。光阴流逝，看啊，大山变老了。太阳依然升起、移动、消失，它却觉得那太阳不复从前；星星倒映在苍白的冰川上，它却觉得不复相似。如今太阳与星星对它不再特别重要，如今重要的是，在它身上、内部发生的变化。它感到，一只陌生的手在它的岩壁与洞穴深处捣鼓，使坚硬的原始岩石变得松脆，风化为页岩状，溪流与瀑布也噬咬得越发深入。冰川消失了，湖泊扩大了，森林变成了乱石场，草地成了乌黑的沼泽；一条条光秃秃的冰碛带与卵石沟像尖尖的舌头，不停地伸进那片国土，下方那片土地也变得十分怪异，满地乱石，一片焦枯与寂静。大山退缩回它的自身，越来越深。它清楚地知道，它不再与太阳、星辰相同。与它相同的，是风与雪、水与冰，是看似永恒的东西却慢慢消失、慢慢远去。

它愈发热切地将它的溪流引向山谷，愈发小心地向下翻滚崩塌的雪，愈发温柔地向太阳献上它的花草地。另外，它在高龄之际再次回想起人类。它并没有把人类视作自己的同类，但它眺望他们，感到被离弃，它开始想起过往。只是城市不复存在，爱情谷中再无歌声，高山牧场上再无小屋。这里的人类不复存在，一切都过去了。世界变得寂静，变得荒芜，天空笼罩着一片阴影。

感觉到什么是“逝去”时，大山震颤了。它震颤时，顶峰向一侧倾斜，坠落下来，飞沙走石跟着滚过早已乱石遍布的爱情谷，又一路滚向大海。

是的，时光改变了。它是怎么了，如今总是回忆起人类？当夏夜的烈火燃烧，年轻的人们在爱情谷里成双结对，难道不是妙不可言吗？哦，他们的歌声总是那么甜美、温暖！

年迈的大山完全沉入回忆当中，它几乎感觉不到时光的飞逝，感觉不到它的洞穴响起了轻微的隆隆声，四处都在坍塌、挪移。当它想起人类，一种来自过往世代的模糊相似感、一种难以理解的感触与爱意、一个黑暗飘忽的梦，令它感到疼痛，仿佛它也曾是人或者与人相似，曾歌唱并听人歌唱，仿佛在最初的日子里，心头就已经出现过万物稍纵即逝的感受。

光阴流逝。大山塌陷，被粗粝的乱石荒野包围，垂死地沉湎于它的梦境。曾经的光景是怎样的？难道不是有个声响、有条细细的银丝线，把它与逝去的世界相连？深夜里它竭力翻找朽烂的记忆，不安地摸索扯碎的丝线，再三俯身于过往的深渊之上——时间的深处，不是也曾有过一个社会、一份爱为它燃烧吗？它，这个孤独者，这个巨人，不也曾是同类中的一员吗？当初，万物伊始，不也曾有个母亲为它吟唱吗？

它想啊想啊，它的眼睛——那些蔚蓝的湖泊，变得浑浊、沉重，化作沼泽与泥潭，冰川遗留的荒石滩漫过花草地带。它听到远方传来不可思议的声响，感到乐声在飘荡，那是一首歌，一首人类的歌。它听到了，悲喜交加地颤抖起来。它听着乐声，看见一个人，一个年轻人，周身萦绕着乐声，在阳光绚烂的天空中飘荡；无数被埋葬的记忆在摇晃，开始翻滚、流淌。它看到一张人类的脸，有着黑色的眼睛。那眼睛眨动着问它：“你不想许个愿吗？”

于是它许了愿，一个宁静无声的愿望。在它许愿时，所有的折磨离它而去，它不必回忆遥远的、失不复得的事物，令它痛苦的一切都离它而去了。大山与大地一同塌陷，曾经是凡尔杜的地方，汹涌着无垠的海洋。海上，太阳与星辰交替运行。

侏儒

有天晚上在码头，说书的老人切科这么开口道：

如果你们乐意听，各位女士们、先生们，今天我想讲一个非常古老的故事，关于一名美丽的女子、一个侏儒和一杯爱情之饮。忠诚与背叛，爱情与死亡——这是所有的故事，所有的历险记，不管是新的还是老的，都会涉及的。

玛格丽特·卡多林小姐——尊贵的巴蒂斯塔·卡多林先生的女儿——她年轻时是威尼斯美人中最美的一位。为她写下的诗歌比大运河沿岸宫殿的拱窗还要多，比春日的傍晚漂游在美酒桥与多加纳角[1]间的贡多拉[2]还要密。老少贵族——威尼斯的，穆拉诺的，还有帕多瓦的——没有哪个不会在夜晚梦到她，

1 意大利地名。

2 一种狭长的尖头平底小船。

没有哪个不会在早晨醒来时，心里充满一睹她芳容的渴望。整个城市的年轻贵妇们都对玛格丽特·卡多林充满妒忌，少有例外。我没有资格描绘她，我只能这么说：她金发，身材高挑修长，亭亭如一株青嫩的翠柏，空气阿谀她的头发，大地奉承她的玉足。据说画家提香见到她时曾经说过，他愿意一整年不画任何东西、任何人，单画这女子。

这名美丽的女子不缺衣裙，不缺蕾丝花边，不缺拜占庭的金丝锦缎，不缺宝石与首饰。她的宫殿富丽堂皇：脚下踩的是小亚细亚的彩色厚地毯；橱柜里藏着充足的银器；桌上铺着精美的绸缎，摆满了熠熠发光的精致瓷器；客厅地板镶着漂亮的马赛克图案；天花板和墙壁的一部分挂着锦缎与丝绸制成的哥白林挂毯[1]，一部分是色彩明快的美丽画像。她不缺仆人，也不缺贡多拉和舵手。

所有这些美好的、令人愉悦的东西，别人家的厅堂当然也有，而且有些人的宫殿比她的更大、更富丽，橱柜里的珍宝更多，器皿、壁纸和装饰物更精致——当时的威尼斯非常富有。然而有一样宝贝是年轻的玛格丽特完全独占并且激起许多富人妒忌的，那就是一个侏儒。他叫菲利波，不足三尺高，背上有两个

1 由法国巴黎哥白林工厂织造，一种高档的艺术品。

罗锅，是一个奇特的小家伙。菲利波出生于塞浦路斯，当年被维托里亚·巴蒂斯塔先生在旅途中带回家时，还只会讲希腊语和叙利亚语，现在却说着一口纯正的威尼斯话，仿佛他就是在运河河畔或圣约伯教区出生的。他的女主人那么美丽修长，而侏儒却那么丑陋难看。站在他畸形的身体旁，她显得更加挺拔、高贵，好比小岛上渔夫茅屋边有一座教堂塔楼。侏儒的棕色双手满是褶皱，关节弯曲；鼻子大得过分；宽脚板走起路来内八字，非常滑稽。然而他披金挂银，一身绫罗绸缎，俨然是一位王公贵族。

光是这外表就足以让这侏儒成为宝贝；也许不只是威尼斯，就连整个意大利都没有更古怪、滑稽的人物了；如果拿他来做买卖，肯定会有些君王或达官贵人乐意拿出黄金来买走这个小侏儒。

有些宫廷或者富裕城市里可能也有与菲利波一样矮小、一样丑陋的侏儒，但在思想与才华上，他们都远远不如他。如果只论聪明才智，那么这侏儒尽可以坐进十人议会[1]里去，或者统领一个使团。他不光会说三种语言，还精通历史，善于建议和创造；他既能讲老故事，又能编新故事；既是玩恶作剧的好手，

1 14世纪时掌握威尼斯最大管理权限的机构。

也擅长给人出好主意；而且只要他愿意，便可轻易让人大笑或者痛哭一场。

晴朗的日子里，玛格丽特坐在她的阳台上，在太阳下晒她秀美的头发，让它更添光泽，这是当年的时尚。她身边总有两个贴身侍女陪着，还有非洲鹦鹉和侏儒菲利波。侍女们一边把她的长发打湿、梳齐，散开在大遮阳帽上晾晒，喷洒玫瑰露和希腊香水，一边讲着城里发生的和将要发生的事——丧事、庆典、婚礼、新生、偷窃以及其他离奇的事情。鹦鹉拍着它斑斓的翅膀，表演它的三大特技：口哨吹歌、学山羊叫和喊“晚上好”。一旁的侏儒安静地蹲在太阳底下，拿着一些旧书古卷在读，侍女们的闲聊声，或者成群的蚊蚋，他都很少在意。接着，每次都是这样：一段时间之后，彩色鹦鹉开始点头、打哈欠、慢慢入睡；侍女闲聊的语速放慢，渐渐没了声音，慵懒地干完手里的活儿——还有哪个地方比被正午的太阳直射的威尼斯宫殿屋顶阳台更热、更让人昏昏欲睡呢？一旦侍女让女主人的头发变得太干，甚至笨拙地扯到了头发，她的情绪会立刻变坏，激烈地训斥起来。再接着，她就该喊这句话了：“把他的书拿走！”

侍女从菲利波的膝头拿走书，侏儒生气地抬头看，立刻又控制住自己，彬彬有礼地问女主人有何吩咐。

她命令道：“给我讲个故事！”

侏儒回答说：“我要想一想。”然后开始思考。

有时候她会觉得他拖延得太久，便催他，高声斥责他。他却悠闲地晃晃他沉重的脑袋——那个与其身体不成比例、过于巨大的脑袋，平静地回答：“您必须再耐心等会儿。好的故事就像藏身隐蔽的高贵野兽，人们必须站在山谷与森林的入口久久等候。让我再想一想！”

当他想好了，开始讲述，就一口气讲到底。他的叙述流畅无阻，好似河流从山间奔涌而来，河里倒映着从小草到苍穹的一切。鹦鹉沉睡着，梦中时不时从嘴里发出嘎嘎声；狭窄的运河停滞不动，房屋的倒影静立其中，宛若真实的城墙；太阳曝晒平坦的屋顶，侍女们无望地跟瞌睡斗争。侏儒却毫无睡意，一旦开始施展这绝技，他就变身成了魔法师与国王。他让太阳消失，带领安静倾听的女主人一会儿穿过黑暗、可怕的森林，一会来到冰凉的蓝色海底，一会儿走进神奇而陌生的城市。他讲故事的技艺是在东方学到的，那里的说书人备受尊敬，堪称巫师，他们就像孩子玩球一样把玩着听众的灵魂。

他的故事没有一次是从陌生的国度开始——让听者的灵魂

凭借自身力量飞临那里并不容易。相反，他总是从可以亲眼所见的东西开始——一个金发夹，或是一块丝巾，总归是某些近在眼前的东西。他讲述这些宝贝从前的主人或者它们的打造者与售卖者，不知不觉地把女主人的想象带往他指引的地方。自然而缓慢地，他的故事舞台从宫殿的阳台挪到商人的小船，从小船到港口，到轮船，再到世界最偏远的地方。谁倾听他的讲述，谁就相信自己在旅途中。尽管他们仍旧安静地坐在威尼斯，可灵魂已经或喜悦或惊恐地迷失在遥远的大海上，迷失在神奇的地方。菲利波就是这样讲故事的。

除了这类奇妙的、多半带有东方色彩的童话，他还讲新旧时代里真实的冒险与事迹：国王埃涅阿斯的旅行与苦难，塞浦路斯王国、国王约翰内斯、魔法师维吉留斯、亚美利哥·韦斯普奇的惊险旅程。此外，他还懂得自己创作新奇的故事。有一天，他的女主人瞧见瞌睡的鹦鹉，便问他："嘿，你这个无所不知的人，我的鸟这会儿在做什么梦？"他只思考了一小会儿，便开始讲述一个长长的梦，仿佛他自己就是鹦鹉，当他讲到结尾时，那鸟儿恰好醒过来，像山羊一样咩咩叫，拍打着翅膀。有时女主人捡粒小石子，扔过阳台的栏杆，听见它扑通一声掉进运河里，问："菲利波，我的小石子现在到哪里了？"侏儒立刻述说起来，小石子在水中如何遇见水母、鱼、螃蟹与牡蛎，遇到淹死的船员以及水鬼、精灵与水妖。对于它们的生活和事迹他了然于心，还能够准确详细地描述。

虽说玛格丽特小姐跟许多富有美丽的女子一样高傲、硬心肠，但她对侏儒却多有偏爱，留心让每个人都和善敬重地对待他。只有她自己才时不时地对他施以小小折磨，从中取乐，毕竟他是她的财产。她一会儿把他所有的书都拿走，一会儿把他关进鹦鹉笼子，一会儿把他带到大厅的镶木地板上，故意绊倒他。但她做的所有这些都没有恶意，菲利波也从不抱怨，不过所有这些他都没有忘记，有时候会在他的寓言和童话里夹带一点儿影射、暗示与讽刺，女主人也都平静地任其讲述。她留心着不去过分惹恼他，因为每个人都相信，这侏儒掌握着秘术与禁咒。大家深信，他懂得跟各种动物交谈的技巧，他能准确地预报天气。当有人用这些问题逼问他时，他大多沉默不语。等他耸耸歪斜的肩膀，试图摇晃沉重、僵硬的脑袋，提问者就哈哈大笑着忘记了他们的问题。

正如每一个人都需要爱慕某个活的灵魂、向其表达爱意，菲利波除了他的书以外，也有个不寻常的朋友——一只黑色的小狗仔。这狗归他所有，甚至跟他一起睡。它是一个未成功的求婚者送给玛格丽特小姐的礼物，因发生了意外情况就被女主人留给了侏儒。才进门第一天，小狗就遭遇了不幸，被一扇正要关闭的地板活门夹住。它断了一条腿，本该被杀死，但侏儒请求把狗给他，并得到了允许。在他的照料下，小狗痊愈了，满怀感激地粘着它的救星。它那条腿康复后仍旧是弯的，成了瘸腿，因而与它畸形的主人愈发相配。为此，菲利波听到过好多嘲讽。

尽管人们觉得侏儒与狗之间的爱显得可笑，但它却丝毫不缺少真心实意，而且我相信，有些富有的贵族从他最好的朋友那里得到的爱，还不如这条瘸腿的博洛尼亚犬从菲利波那里得到的诚挚。他叫它菲利皮诺，并起了菲诺这个昵称，对它像对孩子般温柔，跟它说话，给它带美味的点心，让它在他的侏儒小床上睡觉，经常跟它玩很久。简而言之，他把自己贫穷的、无家可归的生活中所有的爱都施予了这只聪明的动物，并因此受到仆人与女主人的许多嘲笑。你们不久将看到，这种喜爱并不可笑，因为它不只是给小狗和侏儒，也给整个家族带来了巨大的不幸。我在一只瘸腿小狮子狗身上费了这么多口舌，但愿没让你们感到不快，然而生活中的小事常常引发巨大的灾难。

虽说有那么多优雅、富有、英俊的男人把目光对准玛格丽特，把她的倩影挂在心头，她却依旧高傲冷漠，仿佛世上不存在男人。这不仅仅是由于她在她母亲——朱蒂斯尼亚尼家族一个叫玛丽亚的贵妇——去世前一直受到极其严格的教育，也因为她有着高傲的、抗拒爱情的天性。她不是平白无故地被看作威尼斯冰山美人的。为了她，帕多瓦的一位年轻贵族和米兰的一个军官展开决斗，当有人向她转达死者的遗言时，她雪白的额头上没有出现哪怕一丝阴影。她永远取笑那些为她而作的十四行诗。当来自城中最有名望的两个家族的求婚者差不多同时向她求婚时，她不顾父亲竭力的反对与劝说，强迫他全部拒绝，由此引起和这两个家族间的没完没了的不和。

只是长着翅膀的小神灵[1]是个淘气鬼，不喜欢放过猎物，至少不能是这么美丽的一个。难以接近的高傲女子恰恰最容易迅速陷入激烈的爱情，这样的事常有发生，就像最严酷的冬天之后往往也跟着最温暖、最明媚的春天。在穆拉诺花园里的一次庆典上，玛格丽特将她的心遗落在一位刚从累范特[2]归来的年轻水手身上。他叫巴尔达萨雷・莫罗西尼，论家门的显贵，论身材的伟岸，均配得上这个注视他的女子。她靓丽轻盈，而他则

1 指爱神丘比特。

2 历史上指地中海东岸、阿拉伯沙漠以北的一大片地区。

黝黑强壮；人们一看便知他曾长时间待在海上和异乡，乐于冒险；他那晒黑的前额中，思维如闪电般敏捷，他那弓形的鹰鼻之上，黑色眼眸剧烈燃烧。

很快，他也不可避免地注意到了玛格丽特，而且一得知她的芳名，便立即花费心思，托人把自己介绍给她与她的父亲，并表现得彬彬有礼，极尽恭维之能事。庆典持续到将近午夜，一直到结束之前，在礼俗允许的范围内，他始终停留在她身旁。她倾听他讲话，其热切胜过听福音书，哪怕这些话是朝着其他人而不是她说的。可以想见，巴尔达萨雷先生被一再强求讲述他的各种旅行经历、事迹和所克服的险境，而他讲起这些来有礼有节、轻松愉快，每个人都乐意倾听。事实上，他所有的话只说给唯一一个听众听，而她也没放过一字一词。他不假思索地述说最难得的冒险，仿佛每个人必定亲身经历过一般，同时又不像其他水手那样——尤其是年轻水手惯常会做的——过分地凸显自己。有一次，他讲到与非洲海盗的一场交战时，提到了一处重伤，那伤横着划过他的左肩。玛格丽特屏息凝听，如痴如醉，又惊又怕。

最后他送她与她的父亲上了贡多拉，告别后仍久久驻足，望着在黑暗的潟湖上驶离的贡多拉。等到那贡多拉上的火把从他眼中完全消失，他才回到一座花园，来到朋友们中间。在那里，年轻的贵族们，加上几个漂亮的妓女，还要喝一阵黄色的希腊酒和红色的阿尔科姆斯甜酒，消磨一会儿温热的夜晚。他们中间有一个叫詹巴迪斯塔·詹塔利尼，是威尼斯最富有、最会享乐的年轻人之一。他朝巴尔达萨雷走来，摸摸他的胳膊，笑说：

“我多么希望你今晚给我们讲讲旅途中的爱情冒险！这下大概不会有了，美丽的卡多林把你的心一起带走了。不过你可知道，这个美丽少女是石头做的，没有灵魂？她就像乔尔乔内[1]的一幅画，他画的女人确实无可指摘，只是她们无肉无血，仅仅为了我们的眼睛而存在。真的，我劝你，离她远点吧！——或者你有兴趣当第三个被拒者，成为卡多林家仆人们的笑柄？”

巴尔达萨雷却只是笑笑，觉得没必要为自己辩护。他喝完几杯颜色像油一样的塞浦路斯甜酒，就在别人之前先回家去了。

第二天，他就不失时机地来到卡多林老先生的漂亮小宫殿拜访，使出浑身解数博取对方好感。晚上他与几个歌者、游吟诗人一起为美丽的年轻小姐带来一支小夜曲，大获成功：她站在窗边倾听，甚至在阳台上出现了一小会儿。对此，整个城市马上议论起来；莫罗西尼还没穿上礼服去向玛格丽特的父亲表

1 意大利文艺复兴时期的艺术大师，威尼斯画派画家。

明他的求婚心意，游手好闲的、嚼舌头的已经聊起订婚以及可能的结婚日期；他拒绝按照当时的风俗派一两个朋友去，而是要亲自求婚。不过，确实很快，那些多嘴多舌的万事通们就高兴地看到他们的预言实现了。

当巴尔达萨雷向卡多林老先生说出想做他女婿的愿望时，后者不无狼狈。“我尊贵的年轻人，”他恳切地说，“上帝做证，我没有看低您的求婚带给我们家族的荣耀。但我还是想恳求您，放弃您的计划吧，这能省却您与我许多的苦恼和麻烦。您长时间在外旅行，远离威尼斯，所以不知道这无福的女孩已经给我带来多少困扰，因为她毫无理由地拒绝了两次无比荣耀的求婚。她对爱情与男人毫无兴趣。我承认，我有些溺爱她，而且过于软弱，无法用严厉打消她的固执。”

巴尔达萨雷礼貌地听着，但没有收回他的求婚，反而竭尽全力地给惊恐的老先生鼓劲，让他的情绪好起来。最终，老先生答应与女儿谈一谈。

可以想见，小姐会给出怎样的回答。尽管为了保持她的高傲，她提了些无足轻重的反对理由，还特别在她父亲面前玩了会儿皇后跳棋[1]，但早在被询问之前，她就已经在心中答应。一

1 黑白双方对弈，各执十二子，走到对方底线者升为皇后。

得到她的回答，巴尔达萨雷就带着一份小巧、昂贵的礼物出现了。他给未婚妻戴上金戒指，第一次吻了她美丽而骄傲的双唇。

这下威尼斯人有得看、有得聊、有得羡慕了。没人记得何时见过如此光彩的一对。两人都身材高大，女方比起男方不矮分毫。她金发，他黑发，两人都无拘无束地高昂着头，因为他们在出身上、在傲气上丝毫不输对方。

令光彩照人的未婚妻不满意的只有一点，那就是她的未婚夫声称，不久后必须再去一次塞浦路斯，把那里的重要生意做个了结。这样，婚礼就要等他回来才能举行，虽然现在整个城市都在期盼这场婚礼，就像盼望一场公共的庆典一样。这对未婚夫妻暂时不受干扰地享受着他们的幸福；巴尔达萨雷先生不错过任何一次给她安排活动、赠送礼物和带来惊喜的机会，只要有可能，他都与玛格丽特在一起。他们还绕过严格的禁令，一起悄悄地乘坐过几次遮盖起来的贡多拉出行。

玛格丽特高傲、有一点残酷，这在被溺爱的年轻贵族小姐身上并不奇怪；她的未婚夫从小不顾忌他人的傲慢性格，又因为他的水手生涯和少年得志而变本加厉。作为求婚者时的他越是竭力地表演那个讨人喜欢的、规规矩矩的角色，在目标已经达成的当下，他就越是放纵自己的天性及本能。他生性狂暴、专横，作为水手和富商，他已完全习惯按照自己的想法过日子，对其他人漠不关心。奇怪的是，他打一开始就反感未婚妻身边的一些东西，尤其是鹦鹉、小狗菲诺和侏儒菲利波。每次看到他们，他都生气，想方设法地折磨他们，或把他们从女主人身边赶开。每当他走进房子，他的大嗓门在盘旋的楼梯上响起时，小狗就嚎叫着逃开，鸟儿开始啼鸣，拍打翅膀，侏儒也只能噘着双唇，固执地沉默。为公正起见，我必须得说，玛格丽特虽然没有为动物，却为菲利波说过一些话，有时也试图维护可怜的侏儒；可是她不敢惹恼她的爱人，不能或者不想阻止这些小小的折磨与暴行。

鹦鹉的结局来得很快。有一天，巴尔达萨雷先生又折磨它，拿一根小棍戳它，发怒的鸟儿啄了他的手，尖锐的鸟喙把他的一根手指啄出了血，他则把它的脖子扭断了。它被扔进房子背后那狭窄、幽暗的运河里，无人悼念。

紧接着，小狗菲诺也没得到好下场。当时，女主人的未婚夫走进房子，它躲在楼梯的一个阴暗角落里，它习惯于在这位先生靠近时从不现身。但是巴尔达萨雷先生马上又出乎意料地顺着楼梯下来了，可能是他把什么不能让仆人瞧见的东西落在了贡多拉上。受到惊吓的菲诺大声吠叫，笨拙地跳了起来，几乎把巴尔达萨雷先生撞倒。他踉踉跄跄地与小狗同时到达门厅。吓坏的小动物继续朝大门跑，那里有几级宽阔的石阶向下通到运河，他就在愤怒的咒骂中猛地给了它一脚，于是小狗被远远地甩进了水里。

此时此刻，侏儒听见菲诺的吠叫与哀号，出现在门口，站在巴尔达萨雷旁边。后者正哈哈大笑地看着半瘸的小狗惊恐地试图游起来。与此同时，玛格丽特也听到吵闹声，出现在二楼阳台上。

“上帝慈悲。让贡多拉划过去吧。”菲利波气喘吁吁地朝她喊，“救救它，女主人，快点！它要淹死了！噢，菲诺，菲诺！”

但巴尔达萨雷先生大笑着，用命令制止了想解开贡多拉的舵手。菲利波再一次转向他的女主人，想再求她一次，但玛格丽特这时离开了阳台，一言未发。于是侏儒在他的暴君面前跪下，恳求他留小狗一条性命。那位先生不悦地转身，厉声命令他回到房子中去，自己则一直站在台阶旁，直到喘不上气的小菲诺沉下去。

菲利波跑到顶楼，坐在角落里，双手撑着大脑袋，呆呆地看着前方。来了一个贴身侍女，叫他去找女主人，过了一会，又来一个仆人叫他，他却一动不动。夜深后他还一直坐在上面，女主人亲自提灯上来了。她站在他面前，看了他一会儿。

“你为什么不站起来？”她问。他没有回答。“你为什么不站起来？”她又问。这时，那小畸形人看向她，轻声说：“您为什么要杀死我的狗？”

“不是我干的。”她为自己辩解。

“您本来可以救它，却让它死了。”侏儒指责道，“哦，我的宝贝！哦，菲诺！哦，菲诺！”

这下玛格丽特生气了，叫骂着命令他站起来，上床睡觉去。他跟着她，不发一言。连续三天，他像死人一样闷声不吭，饭菜几乎不动，对周围谈论和发生的事情不闻不问。

那些天，年轻的小姐感到极度不安。从不同的地方听到的关于未婚夫的一些事迹，令她深感忧虑。据说，年轻的巴尔达萨雷先生在旅途中是个恶劣的花花公子，在塞浦路斯以及其他地方拥有一大票情人——这的确是真的。玛格丽特心中满是怀疑和恐惧，尤其想到近在眼前的旅行，只能苦苦地唉声叹气。最后她坚持不住了，一天早上，趁巴尔达萨雷在家，她把这一切都告诉了他，没有隐瞒自己的担忧。

他笑了：“最亲爱、最美丽的人儿，别人告诉你的事，有一部分是谎言，但大部分是真的。爱情就像巨浪，它扑过来，托起我们，冲走我们，不可阻挡。可我非常清楚我对自己的未婚妻、一个出身名门的女儿所负的责任，你可以不用担心。我在这儿那儿见过一些漂亮女人，也爱上过一些，但没有谁比得上你。”

他的力量与勇敢散发出一种魔力，因此她平静下来，笑了，轻抚他又硬又黑的手。可是当他一走，所有的担忧又回来了，让她不得安宁。这高傲无比的女子尝到爱情与嫉妒那令人屈辱的隐秘痛苦，夜晚有一半的时间她躺在丝绸被窝里难以入眠。

在困境中，她转而去找侏儒菲利波。他又恢复了以前的天性，表现得仿佛已经忘记小狗不光彩的死。当玛格丽特在阳光下晾晒头发时，他又一如往常地坐在阳台上，看书或者讲故事。只有一次，她想起菲诺的事，问侏儒沉思什么。他用奇怪的声音说：“仁慈的女主人，愿上帝保佑这个家，这个我不久后将离开或者死去的地方。”“为什么呢？”她反问。他可笑地耸耸肩膀：“我有预感，女主人，鸟走了，狗走了，侏儒还在这儿做什么？”她勒令他不准再说这种话，他也就不再提了。小姐以为他不再想那件事了，于是又完全地信任他。他呢，每当女主人谈起自己的担忧，他就为巴尔达萨雷先生辩护，绝不让人发现他对巴尔达萨雷先生仍旧怀恨在心。于是，他重新赢得了女主人最高的友谊。

夏天的一个晚上，海上吹来丝丝凉风，玛格丽特带着侏儒登上贡多拉，划往空旷处。贡多拉划到了穆拉诺岛附近，城市在远处像一片白色的梦境浮游在平静的、闪闪发亮的潟湖之上。这时，她命令菲利波讲个故事。她舒展地躺在黑色软榻上，侏儒则蹲在她对面的船板上，背靠贡多拉高高的船头。太阳悬在远方群山的边沿，山影在粉色的水汽中几不可见，穆拉诺岛上响起一阵钟声。贡多拉舵手被热意弄得懒散、昏昏欲睡，他划动长长的船桨时，弯曲的身形与贡多拉一起倒映在海藻遍布的水中。有时，附近驶过一艘货船或者渔船，渔船上竖着一张拉丁式船帆，三角帆的尖顶在某个瞬间会遮住远处城里的高塔。

“给我讲个故事！”玛格丽特命令道。菲利波垂着他沉重的脑袋，把玩丝绸礼服上的金穗，想了一会儿，然后讲了下面这件事：

“在我出生前很久的时候，我的父亲还住在拜占庭，他曾经历过一件离奇的事情。他那时是个专治棘手病症的执业医师，跟一个生活在士麦拿[1]的波斯人学的医术和魔法，两方面都知识渊博。但他是个老实人，既不坑蒙拐骗也不阿谀奉承，凭手

1 今伊兹密尔，土耳其第三大城市，位于爱琴海伊兹密尔湾东南角。

艺吃饭，难免招来一些骗子和江湖郎中的忌妒。他早就盼望能有机会重返家乡，然而在多少挣得一些财产之前，我可怜的父亲还不愿回去，因为他知道，故乡的家人正在困顿中煎熬。当他在拜占庭的运气越来越差，却看到一些骗子和饭桶轻而易举就发家致富时，我那好父亲就愈加沮丧了，几乎放弃了不要诈也能取得成功的希望。尽管他有很多主顾，并在成百上千的人处境最困难时帮助过他们，可这些人大多贫穷、卑微，除了一点小意思，他羞于为自己的工作接受更多。

“在这么糟糕的处境下，我父亲决定两手空空徒步离开那座城市，或者到某艘船上去找活干。不过他打算再等一个月，因为根据占星术的预测，他兴许能在这期间碰上好运。可是一个月过去了，好事并没有发生。最后那天，他失望地将仅有的家当打包在一起，准备第二天早上就出发。

“最后那天的晚上，他在城外海滩闲逛，可以想见，他当时多么无望。太阳早已下山，星星在平静的大海上洒下冷冷的白光。

“就在这时，我父亲突然清晰地听到近旁一声哀怨的叹息。他四下看看，没看到任何人。他非常害怕，因为他认为这是出发的坏兆头。可是当哀叹更清晰地再次响起时，他鼓起勇气，问道：‘谁在那里？’他立刻听见海岸边发出潺潺的声音。他朝那个方向转过去，看见白色星光下有一个明亮的东西，他以为那是遭遇海难者或者游泳的人，便热心地走过去，却惊讶地看到一条美丽苗条、肤白如雪的人鱼从水中露出半个身子。当美人鱼用恳求的声音跟他说话时，他的惊讶难以言喻。‘你不是住在黄色巷子里的那个希腊魔法师吗？’

“‘正是，’他极其友好地回答，‘您想要我做什么？’

“年轻的美人鱼又在哀叹。她伸出美丽的双臂，在一声声叹息中，请求我的父亲同情她，满足她的愿望，为她准备一瓶浓烈的爱情之饮，因为她徒劳地想念爱人，备受煎熬。她美丽的眼睛如此恳切而哀伤，触动了我父亲的心。他立即决定帮助她，但要提前问问事成之后的回报。她许诺给他一串珍珠，长到可以绕着女人的脖颈围上八圈。‘但是这个宝贝，’她继续说，‘在我见到魔法生效之前，不能给你。’

“这一点我的父亲并不担心，他对自己的技艺有把握。他急忙赶回城中，把收拾好的行李又打开，飞快地准备好那种爱情之饮。父亲刚过午夜便赶回海边，美人鱼正在等他。他把装着那珍贵液体的小瓶子递过去，她则激动地道谢，让他隔天晚上再来，取走许诺过的丰厚酬礼。他离开了，在强烈的期待中度过一个昼夜。尽管他对爱情之饮的力量与功效毫不怀疑，但他不知道美人鱼的话是否可信。带着这些想法，隔天一入夜，他又来到那个相同的地点。他没等多久，美人鱼就在他近处的波浪中现身了。

“可是当我可怜的父亲看到他用自己的技艺造成的后果，是多么震惊啊！美人鱼微笑着靠近，右手托着沉重的珍珠项链递给他。他瞅见她的怀里有一具异常俊美的少年的尸体，从衣着判断出是一名希腊船员。少年的脸一片死灰，鬈发随着波浪浮动，美人鱼温柔地搂着他，像轻轻摇晃臂弯里的一个小孩。

“我父亲一看到这些，立即大叫起来，诅咒起自己和自己的作品。美人鱼闻此便带着她死去的爱人沉入深海。岸边的沙滩上躺着那条珍珠项链，因为不幸毕竟不能挽回，他便捡起它，藏在大衣下带回住处。他把它拆散，一粒一粒地卖掉珍珠。带着卖得的钱，我父亲搭上一艘开往塞浦路斯的轮船，以为永远地逃离了困顿。只是那钱上沾染了无辜者的血，把他从一个不幸带进另一个不幸，他所有的财产被风暴与海盗劫掠一空。两年后他才抵达家乡，成了一个历经海难的乞丐。”

整个讲述过程中，女主人躺在她的软垫上，全神贯注地倾听。侏儒讲完后沉默不语，她也一句话不说，陷入深深的沉思。

等到舵手停下不动，听候返回的指令，她才仿佛从梦中惊醒一般，朝舵手摆摆手，又把面前的帘子拉起来。舵手急忙调头，贡多拉宛若一只黑色的鸟朝城中飞去。独自蹲着的侏儒平静、严肃地注视着暗黑的潟湖，仿佛又在构思新的故事。没过多久，贡多拉急急地穿过帕纳塔运河和几条小运河，回到城中。

这天晚上，玛格丽特睡得很不安稳。正如侏儒预料的，爱情之饮的故事让她想到用同样的东西把未婚夫的心牢牢拴在自己身上。第二天她与菲利波谈起这个，但并不直接问，而是羞怯地问东问西。她表示好奇，想知道这样的爱情之饮是怎么做的，现如今还有没有人知道它的秘密配方，它是不是含有剧毒的伤人汁液，它的味道会不会让喝的人起疑心。聪明的菲利波漫不经心地回答所有的问题，仿佛一点也没注意到他女主人的秘密心愿，以致她必须说得越来越直白。到最后她干脆直接问他，有没有可能在威尼斯找到可以配制这种饮品的人。

侏儒笑了，说道:“我的女主人，如果您觉得，我从父亲——一个如此伟大的智者那里，连这种最简单的入门魔法都没学会，那么看来您对我的能力不怎么信任。”

“这么说你自己就能配出爱情之饮？”玛格丽特小姐大喜过望地喊道。

“没有比这更容易的事了。”菲利波答道，“只是我不明白，您哪里用得上它。您已经达成愿望，您的未婚夫是最俊美、最富有的男人之一。”

可美丽的小姐步步紧逼，他假意反对，但最终屈服了。侏儒得到钱，用于购买必要的配料与秘密的药剂，而且得到承诺，如果一切顺利告成，将得到一件贵重的礼物。

只用两天，他就完成了配制，把那魔力之饮装在他从女主人的梳妆台上拿来的一个蓝色小玻璃瓶里，带在身边。巴尔达萨雷先生前往塞浦路斯的旅行已经近在眼前，因此时间格外紧迫。接下来的一天，巴尔达萨雷向他的未婚妻建议，进行一次秘密的午后出游，这让玛格丽特也让侏儒觉得是个合适的机会——天气酷热，没人会在这个时候出门散心。

当巴尔达萨雷的贡多拉在约定的时间来到房子后门，玛格丽特已经带着菲利波站在那里。侏儒把一瓶酒和一小篮桃子送上船，等主人们登船后也跟上去，在船尾舵手的脚边坐下。菲利波的同行使女主人的未婚夫不快，但他没有说什么，在旅行前最后几天，满足爱人的愿望比什么事情都重要。

舵手撑船出发。巴尔达萨雷把帘子拉得严丝合缝，与他的未婚妻在隐蔽的封顶座舱里享用餐点。侏儒安静地坐在贡多拉尾部，观察着巴卡洛里运河沿岸高耸幽暗的老房子。舵手撑着贡多拉来到古老的朱斯蒂尼亚尼宫——当时它的旁边还有个小公园——再抵达大运河的出口，进入潟湖。人人都知道，那里如今矗立着美丽的巴罗齐宫。

紧闭的舱中时不时地传出压低的笑声，或者接吻的声响，或者交谈的只言片语。菲利波毫不好奇。他一会儿望着水面，一会儿望着日光照耀的河畔，一会儿望向圣乔治·马焦雷教堂细长的尖塔，一会儿往后望向圣马可广场上的狮柱。他有时眯眼看勤力工作的舵手，有时拿着在船底找到的细柳条拍打水面。他的脸一如以往地丑陋、僵硬，看不出任何思绪。他正在想他淹死的小狗菲诺，想被拧断脖子的鹦鹉，在思量：死亡离一切存在——动物或者人类，都始终如此之近；除了确定的死亡，我们在这个世界上什么也不能提前预见。他怀念他的父亲、他的家乡、他的生活。他的脸上掠过一丝嘲讽，他想到，几乎所有地方的智者都在为愚人服务，而且大多数人的生活都如同一出糟糕的闹剧。他低头看着他华美的丝绸衣服，微笑着。

在他仍旧静静坐着微笑的时刻，一直期待的事情发生了。贡多拉的舱顶下响起巴尔达萨雷的声音，紧接着是玛格丽特的声音，她在喊："你把酒和杯子放哪儿了，菲利波？"巴尔达萨雷先生口渴了，是时候把葡萄酒和爱情之饮一起端给他了。

他打开蓝色小瓶子，把液体倒进酒杯，再斟满红酒。玛格丽特掀开帘子，侏儒给小姐送上桃子，给她的未婚夫送上酒杯。她朝他投去询问的目光，看起来满是不安。

巴尔达萨雷先生拿起酒杯，送到嘴边。他的目光落在仍旧站在他面前的侏儒身上，突然起了疑心。

“慢着，”他喊道，“你这样的捣蛋鬼绝不能相信。在我喝之前，我要看你先尝尝。”

菲利波面无表情。“酒是好酒。”他礼貌地说。

可他仍旧不信。“你敢不喝吗，小子？”他恶狠狠地问。

“请原谅，先生，”侏儒答道，“我不习惯喝酒。”

“那我命令你喝。在你喝之前，一滴酒都不会沾上我的嘴唇。”

“不要担心。”菲利波笑了，鞠了一躬，拿过巴尔达萨雷手上的杯子，喝了一口，递还给他。巴尔达萨雷看着他，然后一口喝完剩下的酒。

天很热，潟湖上闪烁着刺眼的微光。这对爱人重新到帘子里寻找阴凉。侏儒则坐在贡多拉侧面的船板上，用手抹着宽阔的额头，紧闭着丑陋的嘴巴，痛苦万分。

他知道，一小时后他将死去，那是毒药。一阵奇怪的感觉占据了他的灵魂，而他的灵魂如此之近地站在死亡的门前。他回望城市，忆起刚刚沉浸其中的思绪。他沉默地凝视着闪亮的水面，思考他的生活。它沉闷而贫乏——一个服务愚人的智者，一出乏味的闹剧。他感到心跳紊乱，额头满是汗水，他发出一连串苦涩的笑声。

没人听见。舵手站着，几乎睡着了。帘后，美丽的玛格丽特又惊又怕地忙于照顾暴毙的巴尔达萨雷，他在她的怀中死去、僵冷。随着一声响亮的悲号，她冲了出来。她的侏儒躺在那里，紧闭双眼，穿着华美的丝绸衣服，死在贡多拉的船板上。

这是菲利波在为他死去的小狗复仇。不祥的贡多拉载着两个死人返航，整个威尼斯陷入了恐慌。

玛格丽特小姐疯了，但是还活了好些年。有时她坐在阳台的栏杆边上，朝着每一艘路过的贡多拉或者小船呼喊：“救救它！救救那狗！救救小菲诺！”人们都知道她疯了，没人理她。

诗人

据说，中国诗人韩复年轻的时候胸怀一种强烈的渴望，想要学习有关诗艺的一切，并臻于完美。那时候，他还住在黄河边的家乡。根据他自己的意愿，在深爱他的父母的帮助下，他与一个出身好的姑娘订了婚，预备不久后挑个黄道吉日举行婚礼。当时的韩复年约二十，俊俏，谦虚，举止得体，经纶满腹。虽然年少，但他已凭几首出色的诗在家乡的文人圈中博得诗名。他算不上大富大贵，但有一份殷实的家产，并将因未婚妻的嫁妆变得更为殷实。而且他的未婚妻非常美丽，又知礼节。这个小伙子的人生看上去圆满无缺，可是他却并不满足——他的心充满向往，想成为完美的诗人。

有天晚上，人们在黄河畔庆祝元宵节，韩复独自在河的另一边闲逛。他靠着一棵斜到水面上的树，看着成百上千盏灯在河面漂流、闪烁。他看到舟筏上的男男女女身着节日盛装，相互问候，宛如盛开的美丽花朵；他听到闪闪发亮的河水微弱的汩汩声、歌女的小调、古筝的嘈嘈切切和吹笛人的柔美音乐；在这一切的上方，他看到蔚蓝色的夜空如同寺庙的穹顶。这个小伙子的心在激烈地跳动：他是唯一的目击者，为这美丽的一切着迷。虽然他非常想到河的另一边去，待在未婚妻与朋友们的身边享受节日，但他却更加热切地希望成为一名敏锐的观察者，捕捉一切，写下完美的诗篇：夜空的蓝、水中嬉戏的灯光、游客的欢乐以及靠在岸边树干上旁观者静默的热望。他觉得世间所有的节日与欢乐从未让他纯然感到自在幸福。哪怕处在生活的中央，他依旧是个孤独的人，是某种意义上的旁观者与陌生人；他感到，众人之中单单他的灵魂生来被造就，必须同时感受大地的美丽与陌生人的秘密的渴望。他因此悲伤起来，思索着这件事。他思来想去，得出的结论是：只有等他有朝一日能够在诗里完美地反映世界，拥有纯净、永恒的世界映像时，他才能获得真正的幸福与深深的满足。

当他听见一阵轻微的响声，看见树干旁站着一个不相识的、穿着紫色节日服装、神情令人尊敬的老人时，韩复几乎不清楚自己是梦是醒。他直起身，因老人的德高望重而向他致以敬意。

老人微笑着，念出几行诗，诗中所表达的尽是年轻人刚刚的感受，那么完美，仿佛一篇伟大诗人的作品，小伙子惊呆了。

“哦，您是谁？”他深深鞠了一躬，喊道，“您能看透我的灵魂，吟出的诗比我从所有老师那里学到的都更优美。”

老人又一次微笑，是那种至善至美者的微笑，他说：“如果你想成为诗人，那就来找我。你可以在西北大山河流的源头找到我的小屋。我的名字是善言老君。”

说着，老人走进细长的树影中，一下子消失了。韩复去找寻他，却徒劳地找不到一丝踪迹。他深信，一切不过是疲乏引起的梦。他急忙赶到对岸的船上，与大家共庆节日，但在谈话声、笛声中，他却一直听到陌生人神秘的声音。他梦眼迷离地坐在拿他的恋爱寻开心的欢快人群中，一片茫然。他的灵魂似乎跟着那人走了。

几天后，韩复的父亲召集亲朋好友，想把婚期确定下来。这时，年轻人却提出了反对。他说：“如果我违背了应尽的孝道，请原谅。可是您知道，我多么渴望在诗艺上出人头地。虽说一些朋友赞赏我的诗，但我清楚知道自己还是个初学者，才踏上作诗之道最初的台阶。因此我请求您，让我在孤独的道路上再行走一段时间，全心做我的研究。因为我感觉，娶妻养家会让我耽搁那些事情。现在我还年轻，没有什么负担，想再用一段时间只为我的诗艺而活，我期望从中得到快乐和名声。”

这番话让父亲惊讶不已。他说：“你对这门艺术的爱想必超出了一切，因为你为了它甚至想推迟你的婚礼。难道你跟你的未婚妻之间发生了什么？那就告诉我，我可以助你们重归于好，或者替你另找一个。”

但儿子发誓他对未婚妻的爱丝毫不亚于昨天和以往任何时候，他和她之间也没有出现争吵。他还告诉他的父亲，在元宵节那天，他做了一个梦，梦中认识了一位大师。现在他在世上最大的愿望就是成为那位大师的学生。

“好吧，”父亲说，“那么我给你一年。这段时间里你可以追求你的梦想，它大概是某位神明托付给你的。”

“也可能要两年，”韩复犹豫地说，“谁知道呢？”

父亲还是让他走了，尽管心情悲伤。小伙子给他的未婚妻写信告别，然后离开。

他走了很久才抵达大河的源头。他看到一间竹屋孤零零地伫立着，屋前一张编织席上坐着他在河边树旁看到的那位老人。他坐着，弹着琵琶，看到客人一脸虔敬地靠近，不起身，也不向他问候，只是微笑着。老人灵巧的手指在琴弦上拨弄，魔幻般的乐曲如一片银色的云流过山谷。小伙子站着，惊呆了，在甜蜜的惊讶中忘了其他一切，直到善言老君把他的琵琶放在一边，走进小屋，韩复才敬畏地跟上他。从此他便留在大师身边当学徒。

一个月过去，他开始蔑视自己之前所作的全部诗歌，把它们从记忆中剔除。又过了几个月，他把在家时从老师们那里学到的诗歌也从记忆中剔除了 。大师几乎不跟他说话，只是沉默地教他演奏琵琶的技艺，直到他的本性被音乐完全浸润。

有一次，韩复作了一首小诗，描写了两只鸟儿在秋日黄昏中飞翔的景象。他很是喜欢，但不敢拿给大师看。有天晚上，他在小屋旁边吟诵这首诗，大师应该听到了，却一言未发，只是轻轻地弹起他的琵琶。随即，空气变凉，暮色骤深，尽管正值仲夏，却刮起一阵凌厉的风，两只白鹭带着对迁徙的强烈向往飞过灰黑的天空。这一切比起学生的诗要优美得多，于是学生变得沉默而悲伤，自感毫无价值。每一次他作了一首诗，老人都这么做。一年过去，韩复差不多完全学会了弹琵琶，但作诗的技艺在他看来却愈发地困难、高深。

两年过去，小伙子心中升起强烈的乡愁。他思念他的亲人、家乡和未婚妻，请求大师让他远行。

大师微笑着点点头。“你是自由的，”他说，“可以去你想去的任何地方。你可以回来，也可以不回来，完全随你意愿。”

于是，学生踏上了归途，马不停蹄地赶路。某一天的清晨，他回到了家乡的河岸，越过拱桥望向对面。他偷偷潜进父亲的花园，隔着卧室的窗户听到父亲的呼吸声——他仍在睡觉；他又潜进未婚妻家里的果园，爬上一棵梨树，从树梢看见未婚妻正在闺房中梳头。他将眼见的一切与他在乡愁中勾勒的图景相比较。那一刻，他清楚意识到自己注定要当诗人。他看到，在现实事物中去寻找筑于诗人梦中的那种美丽与优雅纯是枉然。他爬下树，逃出果园，跨过桥，逃离家乡，回到深山之中。年迈的大师像以前一样，坐在屋前简陋的席子上弹奏琵琶。他不致问候，代之以两句关于艺术的祝词，其深刻的内容、优美的音韵令年轻人热泪盈眶。

韩复再次留在大师身边，他已经学会弹琵琶，现在大师教他弹古筝。岁月流逝宛如西风下的雪。乡思袭来，令他难以忍受的情况又发生过两次。头一次，他悄悄在夜间逃走，但还没等他拐过山谷的最后一个转弯处，小屋门上悬挂的古筝就在夜风中响起，琴声追上了他，唤他回去，他难以抗拒。另一次，韩复做了个梦，梦见自己在花园种下一棵树苗，妻子站在身旁，孩子们给树浇酒与牛奶。当他醒来，月光照进房间，他心烦意乱地坐起身，看到大师在旁边躺着打盹，大师的胡须轻轻抖动。那一刻，一种对这个人的苦涩恨意攫住了他。韩复觉得这个人毁了他的生活，葬送了他的未来。他想要扑过去，杀死这位老者。这时，大师睁开眼睛，露出了微笑。这微笑温和、忧伤，卸下了学生的武装。

“别忘了，韩复，”老人轻声说，“你可以自由地做你喜欢的事。你可以回你的家乡种树，你可以恨我，打死我，这无关紧要。”

“哦，我怎么能恨你，”诗人情绪激动地喊道，“这就好比要我憎恨天空。”

他留下来继续学习弹奏古筝，之后是笛子，再之后在大师的指导下开始作诗。他慢慢地学会了那隐秘的艺术：表面上只是在讲简单、朴素的东西，却能够钻入听者的灵魂，如同风拨动水面。他描写太阳的升起，它在山顶边沿徘徊；他描写鱼儿无声地倏忽而过，在水底如影子般逃开；他还描写青嫩的柳树在春风中摇曳。当人们听到这些，它们就不单单是升起的太阳或玩耍的鱼儿或低语的柳树，而是天空与大地似乎有一瞬间鸣奏出完美的和弦。此时，每一名听者带着快乐或痛苦，想起他所爱的、所恨的——小孩子想起游戏，小伙子想起爱人，老人想起死亡。

韩复已经记不得自己陪着大师在大河的源头驻留了多少年。常常觉得昨天晚上才踏进山谷，受到老人抚琴欢迎。仿佛在他身后，所有的人间年华都已消逝，空空如也。

有天早晨，他在小屋中醒来。他找遍所有地方，却发现大师消失了。一夜之间，秋天似乎突然到来，狂风撼动着这间古老的小屋，成群的候鸟飞越山脊，尽管还未到它们远去的季节。

韩复带上琵琶，下山踏上回乡的路。不管在哪里，见到他的人都像问候德高望重的老人一样向他问好。当他回到家，他的父亲、未婚妻以及亲戚们都已死去，他们的屋里住着别的人家。晚上，人们又在大河上欢庆元宵节，诗人韩复站在河岸幽暗的那一边，倚靠着一棵古树。当他弹奏起琵琶，妇人们发出惊叹，惊喜而不安地朝夜色中张望，年轻的姑娘们呼唤着弹奏者却遍寻不见，于是高声喊着说她们中还没有哪个人听过如此动人的琴声。韩复微笑着望向河中央，成百上千盏灯的倒影在流动。他懂得不再区分这些真实的灯盏与它们的倒影，他也分辨不出这是上次那个元宵节还是又一次元宵节。当时他还年轻，初次听到一位陌生大师的言语。

奥古斯图斯

莫施塔克尔大街上住着一位少妇伊丽莎白，新婚没过多久便不幸地失去了丈夫。如今孤苦无依地在小房子中等待没有父亲的孩子降生。她整天孤身独处，因此把全副心思放在即将出世的孩子身上。她为这个孩子祈愿，梦想着一切美丽、宏伟、令人称羡的事物。一座有玻璃窗户的石头房子，一座有喷泉的花园，这对孩子来说再好不过，至于他的将来，怎么着也得是个教授或者国王。

在可怜的伊丽莎白隔壁，住着一个不怎么出门的老人。他是个灰发矮个子的老头，戴一顶流苏帽，撑一把绿雨伞——伞柄还是用鲸鱼骨做的，像古时候的物件。孩子们都怕他，大人们则认为这样深居简出自有他的原因。人们经常很长一段时间都见不到他，可是晚上有时候能听到他低矮、破旧的屋子里响起优美的音乐，仿佛许许多多音调轻柔的小乐器在合奏。倘若孩子们此时从旁经过，便会问他们的母亲，是不是天使或者仙女在屋里唱歌。但是母亲们也无从知晓，只能说："不是，不是，一定是有个八音盒在响。"

邻居们管这小个子老人叫宾斯万格先生。他与伊丽莎白有着某种特殊的友谊。他们从不交谈，可是每次矮小、年迈的宾斯万格先生从他的女邻居窗外走过时，都会极其友善地问个好，她则感激地朝他点点头。两个人都想：如果有一天我陷入困境，一定会去隔壁求助。每当天色渐晚，伊丽莎白仍独自坐在窗边，缅怀她去世的爱人，或者想着小婴儿陷入梦中时，宾斯万格先生便会轻轻打开一扇窗户，一阵给人慰藉的、银铃般的音乐就从黑暗的小屋轻轻地传来，好似月光从云朵的间隙洒落。反过来，男邻居在他的后窗边种着几株老天竺葵，总是忘记浇水，但天竺葵却始终青翠，花开满枝，从不见一片枯叶，这是因为伊丽莎白每天一大早给它们浇水，照料它们。

临近秋天的一个阴风冷雨的晚上，莫施塔克尔大街上见不到一个人。伊丽莎白分娩的日子到了，她孤苦伶仃，感到害怕。入夜时分，有个老妇人拎着手提灯走进房子，煮好开水，铺好棉布，把迎接新生儿来这世上的准备工作一一做好。伊丽莎白静静地看着一切发生，直到婴儿降临，裹在崭新、柔软的襁褓中，沉入初来人间的第一场睡眠，她才问老妇人是哪里来的。

“宾斯万格先生叫我来的。”老妇人说。她说完，疲惫的产妇便睡着了。等伊丽莎白第二天早晨再次苏醒，牛奶已经为她热好，放在一旁，房间里四处收拾得干干净净，她的身边躺着小儿子，饿得直哭喊，老妇人却走了。母亲把她的孩子抱在怀里，为他的漂亮与强健感到高兴。她想起他死去的父亲，想到他俩不可能再见，眼中饱含泪水。她怀抱着小小的孩子，又止不住笑了，随后与他一起睡着。等她醒来，牛奶又已热好，还做了一份汤，襁褓也换了新的。

没多久，母亲恢复健康，可以照顾自己和儿子小奥古斯图斯。这时她想到，该给儿子施行洗礼了，可是又找不到教父。于是一天傍晚，天色渐黑，甜美的音乐又在隔壁小屋中响起时，她走到宾斯万格先生家门口，羞怯地敲响幽暗的门。音乐声突然终止，他亲切地喊道“请进”，并朝她走来。房间内立着一盏古旧的小台灯，灯前有本书，一切与其他人家无异。

“我来找您，是想感谢您。”伊丽莎白说，“您给我派来了那位好心的老妇人。等我能重新干活挣钱，我想付钱给她。但是现在我有别的担忧。孩子必须受洗，应该同他父亲一样取名奥古斯图斯。可我谁也不认识，不知道谁能做他的教父。”

“对，这个我也想到了。”邻居摸着他灰白的胡子说，“如果他有一个善良、富有的教父，能在您处境艰难时照料他，自然很好。我只是个孤老头，朋友很少，没有谁可以推荐给您。但如果您不介意，我可以来做他的教父。”

她听完很高兴，谢过小个子老人，请他做了教父。接下来的礼拜天，他们抱着孩子去教堂，施行洗礼。老妇人再次出现，送给孩子一个塔勒。那母亲不愿接受，老妇人便说：“只管拿着吧。我老了，该有的都有了。也许这个塔勒会带给他好运。我很乐意给宾斯万格先生帮忙，我们是老朋友了。”

他们一起回家，伊丽莎白为客人们煮了咖啡，邻居带来一块蛋糕，做了一顿地道的洗礼餐。等他们喝过吃过，婴儿也早已睡着，宾斯万格先生谦逊地说：“作为小奥古斯图斯的教父，我很想送他一座国王的城堡和满满一袋金币，但这些我都没有。只能像我的老朋友一样给他一个塔勒。不过，只要我能为他做到的就一定会实现。伊丽莎白女士，您一定为孩子许过很多美好的愿望。现在想一想，您觉得什么对他最好，我将尽力使之成真。您可以为小男孩许一个愿望，随便什么，但只有一个。请好好考虑一下。今晚听到我的小八音盒响起时，务必对着孩子的左耳说出这个愿望，这样它就会实现。”

说完，他便立刻告辞了，老妇人也与他一道走了，留下伊丽莎白独自一人，倍感惊讶。如果不是两个塔勒在摇篮里躺着，蛋糕在桌上放着，她会以为一切都是个梦。她在摇篮边坐下，摇晃着孩子，想了各种美好的愿望。一开始她想让他变富裕，或者英俊，或者强壮有力，或者机智聪明，但总有一种疑虑如影随形，最后她想：唉，不过是老人家的一个玩笑罢了。

天色已黑，她被招待客人、各种担忧以及许多愿望折腾得困倦，几乎坐在摇篮旁睡着了。这时候从隔壁屋传来优美、温和的音乐，那么轻柔、欢快，她还不曾听过哪个八音盒发出这样的声音。伊丽莎白在乐声中沉思，回过神来时，她又相信邻居宾斯万格了。她考虑得越多，越是急切地想许愿，她的全部思绪就越是乱作一团，什么也决定不了。她深为苦闷，眼中涌起泪水。这时音乐声越来越轻、越来越弱，她想，如果她现在还不赶紧许愿，那就太晚了，一切都没了。

她叹了口气弯下腰，在孩子的左耳旁低语道：“我的孩子，我愿你……愿你……”动听的音乐即将完全消失时，她吓了一跳，迅速地说：“我愿所有人都爱你。”

音乐声这下全消失了，黑暗的房间里一片死寂。她哭着扑倒在摇篮上，满心害怕与焦虑。她喊道：“啊，现在我为你许下了我所知道的最好的愿望，但它也可能不对。就算所有人都爱你，也绝没有人比你的母亲爱你更多。”

奥古斯图斯跟其他小孩一样慢慢长大。他是个漂亮的金发小男孩，一双眼睛明亮又果敢，受母亲宠爱，四处招人喜欢。伊丽莎白不久就发现，她在洗礼那天许下的愿望在孩子身上实现了，因为孩子还没到能够走路，跑到巷子里找人玩的年龄，每个人就觉得他漂亮、活泼、聪明，没有哪个孩子能与之相比。每个人都朝他伸手，看着他的眼睛，表达他们的喜爱。年轻的母亲们对他微笑，老婆婆们送他苹果。如果他在哪儿二了坏事，没人相信是他干的，哪怕显然是他犯了错，人们也只是耸耸肩，说：“跟这么可爱的小家伙实在没法较真。”

那些注意到这个漂亮小男孩的人跑来找他的母亲。以前谁也不认识她，她只能干些零星的针线活，现在却作为奥古斯图斯的母亲出了名，受到的眷顾多得不敢想象。她过得很好，孩子也是，他们一同走到哪里，哪里的邻居就高兴地向他俩问好，注视着这对幸福的母子。

奥古斯图斯在隔壁教父家里度过了最美好的时光。在晚上，教父有时候会把他叫进小屋，屋内很暗，黑色的壁炉里燃烧着一小团红彤彤的火苗。小个子老人把孩子拉到身边，坐在地板上的一张毛皮上，同他一起望着安静的火焰，给他讲长长的故事。有时候，这样一个长故事讲完后，孩子已是睡眼迷离，在黑暗的寂静中半眯着眼。这时黑暗中响起一首甜美的多声部乐曲，他俩一言不发地久久聆听。之后，常有奇景显现：整个屋子突然挤满闪闪发光的小天使，他们张着闪亮的金色翅膀绕着圈飞过来飞过去，就像跳美丽的舞蹈那样富有艺术感地相互围拢或结成对子，同时唱着歌，歌声中凝聚了百倍的欢乐。那是奥古斯图斯所听过、所见过的最美的东西，后来当他回想自己的童年时，脑海中出现的正是年迈的教父安静、幽暗的小屋，是壁炉里伴着音乐，伴着天使欢乐的金色魔力飞舞的通红火焰；它们在他的记忆中再次升起，勾动他的乡愁。

小男孩越长越高，但他的母亲经常伤心地回想起那个洗礼之夜。奥古斯图斯在附近街上快活地四处奔跑，到处受到欢迎，收到坚果、梨子、糕点与玩具作为礼物；大家给他吃的、喝的，趴在地上让他骑，任他在花园里摘花。他晚上常常很晚才回家，嫌弃地把母亲做的汤推到一边。倘若她哭得伤心，他则感到无聊，快快不乐地爬上他的小床；倘若她骂他、罚他，他则激烈地喊叫，抱怨所有人都亲切友好地待他，唯独母亲没有。这样的时刻常常令她伤心，有时候她当真对孩子发火，可事后看到他枕着枕头入睡，烛光在他天真的童颜上闪动，她心中所有的不快便消弭于无形。她小心地亲吻他，以免把他弄醒。让所有人都喜爱奥古斯图斯是她自己的过错；有时候她悲伤地、几近恐惧地想到，若她从不曾许下那个愿望，或许会更好。

有一次，她站在宾斯万格先生种天竺葵的窗边，用一把小剪刀剪掉枝头上枯萎的花朵时，听到两家房子的后院里有儿子的声音。她弯下腰朝那边看，看到他靠着墙，漂亮的脸上微微带着骄傲。他面前站着一个女孩，个子比他高，恳求地看着他，说：“过来吧，你真好，给我一个吻呀！”

“我不想。”奥古斯图斯说，双手插兜。

“哦，求你了。”她又说，“我也会送你一些好东西的。”

“什么东西？”男孩问。

“我有两个苹果。”她腼腆地说。

但他却转过身，扮了个鬼脸。

“我不喜欢苹果。”他鄙夷地说，想要走开。

女孩紧紧拉住他，讨好地说：“我还有一个漂亮的戒指。”

“拿来看看！”奥古斯图斯说。

她把戴着戒指的手伸了出来。他仔细地看了看，把它从她的手指上取下来，套到自己手上，饶有兴趣地对着光线看。

“好吧，你可以得到一个吻。”他敷衍地说，在女孩嘴上飞快地吻了一下。

“你现在想来跟我一起玩吗？”她期待地问，揽住他的胳膊。

可他却推开她，厉声叫道：“别缠着我了！我还有其他可以一起玩的伙伴。”

女孩哭起来，拖着小步离开院子，而他摆出一副厌倦、气恼的面孔。他转动一下手指上的戒指，细细打量，接着吹起口哨，慢慢走开了。

他的母亲手里拿着花剪，呆住了，她因儿子对爱所表现出的狠心与轻蔑而震惊。她顾不上花，站在那里摇头，不住地自言自语：“太恶劣了，他根本没有同情心。”

没多久，奥古斯图斯回到家，她叫他过来说话。他蓝色的眼睛笑着，望着她，全然没有察觉自己做错了什么，接着他开始唱歌，讨好她。他滑稽可爱又温柔，逗得她也笑起来，大概也意识到，跟孩子不能事事较真。

不过，小男孩干的坏事并非没有任何惩罚就过去了。宾斯万格教父是他唯一敬畏的人。晚上他来到小屋，教父却说“今天壁炉不烧火，也没有音乐。小天使们很伤心，因为你做了坏事”，男孩便沉默地走出来，回家扑到床上哭，之后好几天他会努力变得乖巧可爱。

然而，壁炉里的火烧得越来越少了，教父也不能用眼泪和撒娇收买。到奥古斯图斯十二岁的时候，小屋里的魔幻天使之舞早已化作一个遥远的梦。如果夜里梦到了，第二天他会加倍地撒野、闹腾，扮作统帅指挥他的众多伙伴在灌木丛中乱窜。

母亲早已没有兴趣听其他人对孩子的夸奖，说他多么伶俐可爱，她只有担忧。有一天，奥古斯图斯的老师来找她并告知说，有人愿意送小男孩去寄宿学校念书。她与邻居一番商讨之后不久，春天的一个早晨，奥古斯图斯穿着漂亮的新衣服登上马车，和他的母亲、教父以及各位邻居们道了别，要前往首都求学。他的母亲最后一次为他把金发好看地梳向两边，为他祈福。马车跑了起来，奥古斯图斯往陌生的世界去了。

过了几年，年轻的奥古斯图斯已经是大学生，戴红帽，蓄髭须。他又一次回到家乡，因为教父给他写了信，说母亲病重，命不久矣。年轻人是晚上到的，人们惊奇地看到他从马车上下来，车夫提着一只巨大的皮箱跟他走进小房子。母亲垂死地躺在老旧低矮的房间中。漂亮的大学生看到白枕头上那张失色、枯瘦的脸，他的母亲只能用安详的眼睛向他问好，他立时哭倒在床边，亲吻他母亲冰凉的双手，在她身边跪了一整夜，直到她的双手变冷，双眼失去光芒。

安葬完母亲，宾斯万格教父拉住奥古斯图斯的胳膊一起来到他的小屋，屋子在年轻人的眼里显得愈发低矮、黑暗。等他俩一起坐了很久，黑暗中只剩下狭小的窗户仍旧微微发光，小个子老人这才用瘦长的手指摸摸灰白的胡子，对奥古斯图斯说："我想在壁炉里生个火，这样我们就不用点灯。我知道你明天又要离开，如今你的母亲死了，以后想再见你就难了。"

他一边说，一边在壁炉里生起一小团火，把他的椅子往里挪了挪，大学生也把椅子挪近了些。他们又坐了许久，望着木柴渐渐烧尽，飞舞的火苗越来越零星。这时老人柔声说："再会了，奥古斯图斯，我送你美好的祝愿。你有一个勇敢的母亲，她为你所做的事远比你知道的多。我很乐意让你再听一次音乐，看一看小天使们，但是办不到。不过，你不该忘记他们，你该知道，他们会一直唱歌，如果将来你怀着孤独、渴求的心企盼他们，或许你会再次听到他们唱歌。现在握个手吧，我的孩子，我老了，得去睡了。"

奥古斯图斯和他握了下手，无言以对。他悲伤地回到空无一人的家中，最后一次在故乡睡觉。在他入睡之前，他觉得又一次听到了童年那美好的音乐从遥远的彼岸轻轻传来。第二天早上他就离开了，从此杳无音信。

没多久，他就忘掉了宾斯万格教父和他的天使。他在奢侈的生活中膨胀了，随波逐流。没人能像他那样骑马穿过熙攘的街巷，用嘲弄的眼神招呼翘首以盼的姑娘们；没人能象他那样轻盈、迷人地跳舞，那样敏捷、优雅地驾车，那样喧哗、惹眼地在夏夜的花园里痛饮。他的情妇——一个富裕的寡妇——给他钱、衣服、马以及一切他想要的。他同她一起到巴黎、罗马旅行，睡在她的丝绸床上。但他爱的却是普通市民家温柔的金发闺秀，他在夜间冒着危险到她父亲的花园中找她，当他出游时，她则给他写火辣的长篇情书。

然而有一次，他再没回来。他在巴黎找到了朋友。因为富有的情妇让他感觉无聊，学业早已令他心生厌烦，他便留在那遥远的国度，活在声色犬马之中，骑马养狗玩女人，钱来钱往如流水。到处有人追求他，把自己献给他，为他服务，他无不一一笑纳，就像孩提时拿走那个小女孩的戒指。他的眼中，他的唇间，藏着诱人魔法，女人们对他万般柔情，朋友们为他如痴如狂，没人看到——他自己都几未察觉——他的心变得空洞而贪婪，他的灵魂病态而痛苦。有时候他因被所有人这般热爱而感到疲惫，便乔装打扮到陌生的城市走走。他看到遍地尽是蠢笨的人，他可以不费吹灰之力赢得他们的喜爱，而随处可见的爱，不计回报的追求，在他眼中实在可笑。男男女女没有一点骄傲，常常令他厌恶；他整日只和狗待在一起，或者到山中风景优美的狩猎区打猎。悄悄靠近并射中的一头鹿，远比娇惯美人的求婚更让他快乐。

他曾在一次海上旅行中看到一位出身北欧贵族的年轻公使夫人，她神情严肃、身材高挑，站在许多尊贵的女士和见过世面的男人当中，显得与众不同。她骄傲缄默，卓尔不群。他观察着她，觉出她冷淡目光的迅速扫视，似乎此刻才平生头一遭体会到什么是爱。他意欲赢取她的芳心，那天无时无刻不待在她视线之内；因他本人总是被仰慕，被试图与他交往的男男女女包围，于是他便与那美丽而神情严肃的女子分别成了旅客中的焦点，就像是王子与公主一样。即使是那金发女子的丈夫也对他赞赏有加，费心讨他的喜欢。

在抵达南方的一座港口城市之前，他始终没有机会与陌生女子独处。在港口，旅行者全部下船，要在这个陌生的城市里闲逛几个钟头，回顾一下脚踩大地的感觉。他寸步不离爱慕的人，最终在热闹的集市广场上一处人群中抓住她说话。有无数的幽暗小巷联结着这个广场，她信任地随他进入其中一条，却突然因为两人的独处，不见了同伴们，而变得害怕起来。这时，奥古斯图斯满脸发光地转向她，握住她犹疑的双手，热烈地请求女子随他留在陆地上。

陌生的女子脸色苍白，目光垂地。“噢，这可不是骑士的作风。”她轻声说，“请让我忘了您刚刚说过的话吧！”

“我不是骑士，”奥古斯图斯喊道，“我是恋爱中的人。一个恋爱中的人除了所爱之人别无所知，除了要跟爱人在一起别无他想。啊，美丽的人儿，跟我走吧，我们会幸福的。”

她淡蓝色的眼睛严厉地责备着他。“您从哪儿知道我爱着您呢？”她低声地抗议道，“我不会说谎：我喜欢您，多次想象过您是我的丈夫。因为您是我第一个真心爱过的人。唉，爱情怎能让人如此迷乱！我绝对想不到自己有可能会爱上一个不纯真、不善良的人。但我更千百倍地愿意待在我丈夫的身边——尽管我不那么爱他，可他是个骑士，有着您不了解的高贵尊严。现在请您别再跟我说话，带我回到船上去，否则我会向陌生人求助。不许您胆大妄为。”

不管他怎样请求，怎样发誓、赌咒，她还是转身离去。他只好无言地跟上她，陪她走到船边，否则她就会独自行动。他在那里让人把行李提到岸上，不告而别。

从此以后，这个万人迷的幸福走向终结。德行与正直被他嫉恨，遭他践踏；他使出浑身解数引诱良家妇女，利用那些毫无戒心的、与他迅速结为朋友的人，再带着嘲讽离开他们，并以此为乐。他让妇女与姑娘们变穷，然后立刻抛弃她们；他诱骗贵族青年，腐蚀他们。没有他不寻求而至穷尽的欢乐；没有他不学来复又抛去的恶习。但他的心中再无喜悦，那俯拾皆是、迎面而来的爱，在他灵魂中毫无回响。

他阴郁而恼怒地住在海边一座美丽的别墅里，用喜怒无常的恶劣言行疯狂折磨前来拜访他的女人们、朋友们。他醉心于贬损他人，对他们极尽蔑视之能事；他被不请自来、不求自得、不劳而获的爱所包围，并对此深感厌烦；他感到自己挥霍无度、千疮百孔的生活——它从不给予，只管索取——毫无价值。有时候他会饿上一段时间，只为再次感受某种真正的渴求，并予以满足。他的朋友们私下传言说他病了，需要安静独处。信件蜂拥而至，他却从来不读，担忧的人们向仆人打听他的状况。他孤独地坐在大厅里，深为苦恼地望着海面，过往的生活空虚、荒芜、贫瘠，如同那灰暗汹涌的盐海潮水，无爱可寻。他窝在高窗边上的椅子里，盘算着，模样丑陋。洁白的海鸥在海风中飞过，他空洞的眼神追随它们，眼神中的欢乐、兴致消失殆尽，只有嘴角挂着冷酷、恶意的微笑。这时他已经考虑完毕，摇铃召唤男仆。他要定个日子邀请所有的朋友来聚会，目的是用空无一人的房子和他自己的尸体吓唬、戏弄到来的人。他已经决定，事先用毒药结束自己的生命。

聚会的前一个晚上，他把所有仆人赶出房子，偌大的空间变得寂静无声。他走到卧室，把烈性毒药掺进一杯塞涓路斯酒，端到嘴边。

正当他要喝下时，响起了敲门声。因为他不予回答，门便自行打开，一个小个子老人走了进来。他径直走向奥古斯图斯，小心地从他手中取过斟满的杯子，用熟悉的声音说："晚上好，奥古斯图斯，你过得怎样？"

多么惊讶，他又气恼又羞惭，充满揶揄地微笑道："宾斯万格先生，您还活着呢？过了这么久，您看起来真是一点没变老。不过您这会儿过来不合适，亲爱的先生。我累了，正要喝点安眠酒。"

"我看到了。"教父平静地说，"你想要喝杯安眠酒。你说得不错，这是最后还能帮到你的酒了。不过那之前我们先谈一小会儿，我的孩子。我走了老远的路，喝一小口提提神，你不会生气吧？”

说着，他拿起杯子，送到嘴边，没等奥古斯图斯拦住他，便一抬手，猛地一口喝完了。

奥古斯图斯面色死灰。他扑向教父，摇晃他的肩膀，尖叫道：“老头子，你知道你刚刚喝的是什么吗？”

宾斯万格先生点点他睿智的灰白头颅，笑道：“是塞浦路斯酒，我看出来了。酒还不错，看来你衣食无缺。我时间不多，不想叨扰你太久，如果你乐意，请听我一言。”

慌乱的奥古斯图斯惊骇地望着教父明亮的眼睛，等他随时栽倒在地。

教父却惬意地坐到一把椅子里，和蔼地朝他年轻的朋友点头。

“你是担心那口酒会伤到我吗？只管放心！你能为我担忧，这真是太好了，我完全没有料到这点。不过，就让咱们像以前一样聊一聊吧！看上去，你似乎厌倦了轻松的生活。这个我能理解，等我走了，你自然可以把杯子重新倒满喝掉。但在那之前我必须跟你说些事情。”

奥古斯图斯靠在墙上，倾听着这个小个子老人善良、悦耳的声音，自孩提时起便熟悉的声音唤醒了他心灵中往事的幽影。一阵深深的羞愧与悲伤攫住了他，仿佛直面天真的童年。

“我喝光了你的毒药，”老人继续道，“因为我是那个该为你的痛苦负责的人。你的母亲在你受洗时许了个愿。尽管这愿望是愚蠢的，我还是帮她实现了。你不必知道它是什么，它已经变成了一个诅咒，正如你自己感受到的一样。我很抱歉，一切变成了这样；如果能再看到你重新坐在我家中的壁炉前，听小天使歌唱，我会感到高兴。这并非易事，眼下你或许觉得绝不可能，你的心没法重新健康、纯洁、快乐起来。其实不是这样，我想请你试一试。你可怜的母亲的愿望没有给你带来好处，奥古斯图斯。那么，如果你同意，我也帮你实现一个愿望，随便什么，你觉得怎样？你大概不会追求金钱财富，也不会要权力与女人的爱——这些你已经够多了。如果你感觉有某种魔法能让你糜烂的生活重新变好，能让你再次快乐起来，那就想一想，然后许个愿吧！”

奥古斯图斯坐在那里陷入沉思，沉默无言，他太累太绝望，过了一会儿他说：“谢谢你，宾斯万格教父，但我想我的生活无法再捋直抚平了。最好还是让我做完你进来时我正想做的事吧，但我真感激你的到来。”

“好，”老人缓缓地说，“我能想象，你会觉得很难。不过，或许你可以再考虑考虑，奥古斯图斯。或许某些你至今最为想念的东西会闪现，或许你可以回忆回忆早年你母亲还活着的时候，你晚上时不时会来我家。那时，你还是幸福的，对吗？”

“是啊，那时候。”奥古斯图斯点点头，他童年闪耀的生活缥缈朦胧地浮现在他的眼前，好似映照在一面古老的镜子里，“但它无法重来。我不能许愿重新做个孩子。啊，那一切又会从头开始！”

“是的，那没有意义，你说得对。但是再想想家乡的那段日子，想想那个可怜的姑娘，你上大学时夜里到她父亲的花园找她，再想想那个美丽的金发女子，你曾同她一起乘船旅行，想想所有那些你感到幸福的瞬间，那些让你感到生活的美好与宝贵的瞬间。也许会明白，当时让你感到幸福的是什么，然后你可以许愿得到它。试试吧，就当是为了我，我的孩子！”

奥古斯图斯闭上眼睛，回顾他的生活，就像在一条黑暗的通道里望向某个遥远的光点。他重又看到，他的周围曾经明亮而美好，而后慢慢变得越来越暗，直到完全处于漆黑之中，不再因任何东西而快乐。他思考得越多，回忆得越多，那向他示意的遥远光点便越发美丽、越发值得热爱与追求。最终他认出了它，泪水从他的眼眶中奔涌而出。

“我想试一试。”他对他的教父说，“消除以前的魔法，它对我没有好处，同时请赋予我去爱人们的能力！”

他哭着跪倒在老朋友面前，在跪倒时就已经感觉到自己对这位老人的爱在体内燃烧，感觉到那爱正竭力获取被遗忘的言语与行动。教父，那位小老头，轻轻地把他抱起来，托到床上，让他躺下，把头发从他滚烫的额头上抚开。

“没事没事，我的孩子。”他轻声朝他低语，“一切都会好起来。”

一股沉重的疲惫袭来，仿佛一瞬间奥古斯图斯已年华老去。他陷入沉睡，而老人则悄悄地离开空寂的房子。

奥古斯图斯被一阵猛烈的吵闹声惊醒，那声音充斥了整栋房子。他起身打开房门，发现大厅中和所有的房间里挤满从前的朋友，他们来参加聚会，却发现房子空无一人，恼怒又失望。奥古斯图斯朝他们走去，像以往一样想用一个微笑、一句玩笑赢回他们所有人的心，但他突然感到这样的魅力已经离他而去。一看到他，所有人就同时开始叫嚷。他无助地笑着，防备地摊开双手，朋友们则愤怒地扑向他。

“你个骗子！”一个人喊道，“你欠我的钱在哪儿？”又一人喊：“还有我借给你的马呢？”一个漂亮女人愤怒地嚷道：“全世界都知道我的秘密了，是你胡说出去的。哦，我恨透你这恶魔了！”另一个眼窝深陷的年轻男子面孔扭曲：“知道你把我变成什么样了吗？你这撒旦，斯文败类！”

如此一直持续，每个人都对他极尽羞辱谩骂之能事。每个人都有理，许多人打了他。他们离开时还打破了镜子，顺手牵羊带走许多贵重的东西。奥古斯图斯从地上爬起来，遍体鳞伤，深感羞耻。他回到卧室，照照镜子想洗一洗，发现镜中自己的脸又干又丑，泛红的眼睛流着泪，额头上滴着血。

“这是代价。”他对自己说，洗去脸上的血。还没等他稍作思虑，新的吵闹声又涌进房子，人潮踏着楼梯席卷而至：那些他以房子作抵押向其借过钱的人们、妻子被勾引过的男人、那些儿子受了他引诱而染上恶习的贫穷父亲们、被解雇的男女仆人，接着是警察、律师。一个小时后他戴着手铐坐在车里，被送往监狱。人群在车后欢呼，唱着讽刺的歌，一个街头少年从窗外朝他脸上扔了一把烂泥。

整座城市都在讨论这个曾经广为人知、广受喜爱的人的无耻行径。没有哪起恶行不在对他的控诉之列，也没有哪件遭到他的否认。那些他忘却已久的人，那些受过他赏赐、偷过他东西的仆人都站在法官面前，揭露他多年前做过的事情，控诉他的恶行，抖搂他的秘密。每一张脸都布满厌恶与憎恨，没人记起他的好，没人为他说话、为他辩护。

他任凭一切发生，任自己被投进牢房，又从牢房被带到法官与证人面前。他病恹恹的眼睛惊讶而悲伤地注视着那些生气的、激愤的、仇恨的脸。在每张脸上，他看到憎恨与扭曲的外表下闪烁着深藏的魅力与心灵的光辉。这些人曾经都爱他，而他一个也不爱，现在他向所有人请求原谅，试图想起每个人身上的好。

最后他被关进了一所监狱，谁都不允许探望他。他发烧做梦，在梦中与他的母亲、第一个爱人、宾斯万格教父、船上那位北方女子交谈；醒来时，他独坐出神，打发难熬的日子，忍受渴望与孤寂带来的一切痛苦，盼望有人出现。这种盼望他从未有过，既没有如此盼望过任何一种享乐，也没有如此盼望过拥有什么东西。

他从监狱出来的时候已经年老多病，没人能再认出他。世界兀自前行，街巷上有坐车的、有骑马的、有散步的，有卖水果和鲜花的，有卖玩具和报纸的，只是没人理会奥古斯图斯。他曾经听着音乐、喝着香槟搂在怀里的美丽女子，坐着香车宝马从他身边驶过，车后扬起的灰尘落了奥古斯图斯一身。

然而，奢华生活中令他窒息的那种可怕的空虚与孤独却完全离他而去。当他踏进某一家的房门，想避一会儿炎炎烈日，或者到一个后院里讨口水喝时，他惊讶于人们听他说话时的不快和敌意——同是这些人，以前听到他傲慢、冷酷的问话，必定满脸感激、双眼发光地回答。不过现在，每一个人的出现都让他快乐而感动。他爱孩子，他们玩耍、上学；他爱老人，他们坐在小屋前的长凳上，在太阳下晒枯瘦的双手。他看到年轻的小伙子用渴望的目光追随一个姑娘，看到一个工人下班回家时怀里抱着他的孩子们，看到一个儒雅、智慧的医生想着他的病人，安静而迅速地乘车驶过，看到一个贫穷、衣着破烂的妓女晚间等候在郊区的一盏路灯下，甚至向他这个被驱逐的人提供她的爱。每当看到这些，他觉得所有人都是他的兄弟姐妹，每个人都怀抱着对他们慈爱母亲的记忆，对美好过往的记忆，对一种秘密符号——它象征着更理想更崇高的命运本身——的记忆。每个人都让他感到亲切，引他注意，触动他思索；他感觉自己很坏，没有人比他更坏了。

奥古斯图斯决定漫游世界，找一个他可以派上用场、可以爱人的地方。他必须习惯自己的出现不再带给人快乐；他的脸变得消瘦，衣服和鞋子破得像乞丐，声音和步态也毫无曾经那令人愉悦与惊叹的影子。孩子们惧怕他，因为他乱蓬蓬的灰胡子长长垂下；衣着光鲜的人因他身上肮脏而感到不适；穷人也不相信这个入侵者，怕被抢走食物。他要服务世人，却困难重重。但他努力学习，并不灰心丧气。他看到一个小孩伸出小手抓面包店的门把，却够不到，他去帮忙；有时候也会碰到比他还要可怜的人——盲人或者瘫痪的人，他也顺道稍稍帮助他们，做点好事。遇到帮不上忙的时候，他则高兴地给予自己拥有的微薄东西：一道明亮、善意的眼神，一声兄弟般的问候，一个表示理解与同情的手势。他在路上学着观察人们对他的期待，观察什么能让他们快乐：这一个需要高声的问候，另一个要的是平静的眼神，再一个则是请他回避，别去打扰。每一天他都被世人虽然贫苦却能活得那么快乐所震惊；一次又一次地，在苦难的旁边听到欢快的笑声，在死者的丧钟旁边听到孩子的歌唱，困难与卑鄙的旁边总找得到礼貌、诙谐、安慰与微笑，他感到一切都很美妙并为之振奋。

他觉得，人的生活被安排得很妙。他转过一个街角，迎面冲来一帮上学的小男孩，每一双眼睛里都闪耀着勇气、生活的乐趣以及年轻的美。他们取笑他、折磨他，他也没觉得那么糟糕，甚至可以理解。在商店橱窗前，在井边饮水时，他看到自己的倒影，面容枯槁。不，对他而言，重要的不再是让人喜欢或者施展权力——这些他已经受够了。现在对他有益的是，看着别人在他曾经走过的路上的奋斗，以及他们的内心感受，看着他们那么急切、卖力、充满骄傲和快乐地追求他们的目标——真是一出神奇的戏剧。

冬去夏来，奥古斯图斯病了很长一段时间，躺在一所贫民医院里，他平静并感激地享受这种命运。这里能够看到病魔缠身的穷人以百倍的顽强力量与意志延续生命，战胜死亡。看到重病者神情中的忍耐，以及康复者眼中闪亮的生之乐趣，这是美的；看到逝者宁静、庄严的脸庞，亦是美的；而比这一切更美的是细致又纯洁的护士们的爱与耐心。但是这段日子也走到了尽头。秋风刮起，奥古斯图斯继续漫游，冬天来临。当他发现自己的行程缓慢并且遥遥无期时，一阵少有的不耐攫住了他。他还想走遍天涯海角，与更多的人面对面交流。他的头发已经灰白，眼睛患病，眼睑发红，笑起来显得那么傻。他的记忆也渐渐模糊起来，仿佛他不曾见过与今日不同的世界；但他很满足，觉得这世界十分美妙，十分可爱。

入冬时节，他来到一座城市。雪花在黑暗的街道上飘扬，几个晚归的街头少年朝这路人扔雪球。一切已如深夜般寂静。奥古斯图斯非常疲惫，他来到一条看上去很熟悉的窄巷子，接着又来到另一条巷子——那儿伫立着他母亲的房子，还有宾斯万格教父的，它们矮小、老旧，立在寒冷的风雪中。教父家有扇窗户亮着，在冬夜里微微闪烁着红光。

奥古斯图斯敲响小屋的门，走了进去。小个子老人朝他走来，无言地领他进屋。屋里温暖而宁静，壁炉里燃着一团小小的、明亮的火。

“你饿吗？”教父问。奥古斯图斯并不饿，他只是笑笑，摇摇头。

“你一定累了吧？”教父又问，把他的旧毛皮摊开在地上。两个老人相互依偎而坐，看着火焰。

“你走了很长一段路。”教父说。

“哦，一路很美好。我只是有点累了。我可以睡在你这儿吗？我想明天再继续走。”

“可以。你不想再看看天使们跳舞吗？”

“天使？是啊！如果我能再变回小孩子，我当然想看。”

“我们已经很久没有见面了。”教父又说，“你变得这么漂亮，眼睛又跟你母亲在世时一样善良、温柔。你来看我，这真是太好了。”

旅行者裹在他褴褛的衣衫中，入神地坐在老朋友身边。他从来没有这么疲倦过，宜人的温暖和火光使他迷惑，使他再不能清楚地区分今时与往日。

“宾斯万格教父，”他说，“我又不乖了，妈妈在家里哭。你一定要跟她谈谈，跟她说，我会变好的。行吗？”

“我会的，”教父说，“只管放心，她是爱你的。”

火越烧越小，奥古斯图斯像童年时一般，睁着朦胧的大眼睛，盯着微弱的火焰。教父把他的头抱在怀里，一阵优美、欢快的音乐在幽暗的房间里响起，令人陶醉。上千个袖珍的璀璨精灵飘然出现，成群结队地在空中快乐地转圈，美丽非凡。奥古斯图斯凝望着、倾听着，在这重新寻得的天堂中敞开他所有孩子般柔嫩的感官。

有一会儿，他仿佛听到母亲在呼唤，但他太累了，况且教父答应了会去跟她谈的。等他睡着了，教父把他的双手叠放在一起，听着他渐渐平静的心跳，直到小房间里夜色降临……

笛梦

“给。”我的父亲递给我一支象牙小笛子，“拿上这个，等你在遥远的国度用演奏带给人快乐的时候，别忘了你的老父亲。该是你看看世界、学些东西的时候了。我让人为你做了这支笛子，因为你不喜欢做其他事，光喜欢唱歌。只是你要记住，始终都要唱好听的、让人喜爱的歌曲，否则就愧对上帝赐予你的这份天赋了。”

我亲爱的父亲对音乐知之甚少，他是个学者。他以为，我只需往这支漂亮的小笛子里吹气就万事大吉了。我不想拒绝他的这份好意，因此我道了谢，把笛子装起来，与他告别。

我对我们山谷的熟悉只到庄园磨坊为止，那后面便是世界的开端。这世界真让我喜欢。一只飞倦的蜜蜂落在我的袖子上，我带着它一起前行。这样到了第一个落脚处，便马上有信使能把我的问候送回家乡。

森林与草地一路陪伴我，河流精力充沛地同行。我看到世界与家乡没有太多不同。树木、花朵、麦穗和榛树与我说话，我唱着它们的歌，它们都懂我，恰如在家乡一样。这时，我的蜜蜂也醒了过来，慢慢地爬到肩头，飞了起来，低沉、悦耳地嗡嗡叫着，绕着我飞了两圈，然后径直向着家乡飞去。

这时从森林中走出一位金发的年轻姑娘，她的胳膊上挽着一只篮子，头上戴着一顶宽大的遮阳草帽。

“你好，”我对她说，“你要去哪里？”

“我要给收庄稼的人们送吃的，”她说，走在我身边，“你今天又想去哪里呢？”

“我要到世界里去，我的父亲派我去的。他觉得我应该为人们演奏笛子，但我还不怎么会，必须先学习。”

“这样啊。好吧，那你到底会什么呢？人总得会点什么。”

“没什么特别的。我会唱歌。”

“什么样的歌？”

“各种各样的歌：献给清晨的，献给夜晚的，献给所有树木、动物与花朵的。比如现在我可以唱一首动听的歌，关于一个年轻的姑娘从森林中走来，为庄稼汉们送饭的歌。”

“你会吗？那就唱一唱！”

“好，不过你叫什么呢？”

“布丽吉特。”

于是我唱起了关于戴草帽的漂亮的布丽吉特的歌，唱她篮子里装的东西，唱花儿们朝她张望，唱蓝色的风穿过花园篱笆追逐着她……。她认真地听，说我唱得好。当我告诉她我饿了，她便掀开篮子的盖布，拿了一块面包给我。我咬了一口，加把劲继续赶路，她则说：“不必边走边吃。一样一样来。”

我们坐到草地上，我啃着面包，她用晒黑的双手抱住膝盖，看着我。“你愿意再为我唱点什么吗？”等我吃完了，她问。

“我愿意。唱什么呢？”

“唱一个姑娘，丢失了她的宝贝，她很伤心。”

“不，这个我不会。我不知道那是怎样一种情况，况且人也不该伤心。我父亲说，我应该一直演唱优美的、让人喜爱的歌。我给你唱布谷鸟或者蝴蝶。”

“难道你对爱一无所知吗？”她接着问。

“爱？哦，知道啊，它是最美好的。”

我立刻唱起来。唱阳光：他爱红艳艳的罂粟花，满心欢喜地和她们一起玩耍；唱雌燕雀：她等候雄燕雀，却又在他到来时飞开，佯装吃惊；接着唱栗色眼睛的姑娘和迎面而来的少年：少年唱着歌并得到一块面包作为礼物，但他现在不再想要面包，想要姑娘的一个吻，想要凝望她栗色的眼眸，他一直唱啊唱，一刻不停，直到姑娘开始微笑，直到她用双唇合上他的嘴。

这时布丽吉特靠了过来，用她的双唇合上了我的嘴。她闭上眼睛，再睁开。我望着近在咫尺的棕金色的星辰，那里面倒映着我和草地上几朵白花。

“世界真美！”我说，“我父亲说得对。现在我想帮你提着篮子，我们去找你要找的人。”

我接过她的篮子继续前行。她的脚步呼应着我的脚步，她的快乐应和着我的快乐，树林在山顶对我们温和低语。我还从未这般快乐地旅行过。我快活地唱了好一阵，直到四周纯然的充盈使我不得不停下来：从山谷，从大山，从草丛、树叶、河水和灌木里一齐发出的声响，实在太多了。

我不禁想：如果我可以同时理解并唱出世界上所有这些歌——这千万支关于青草、花朵、云彩的歌，阔叶林、松树林、所有动物和人类的歌，还有远方的大海与山脉的歌、星星与月亮的歌——如果所有一切能在我内心发出合唱，那我更是亲爱的上帝了，而每一首新歌都会像星星那样悬挂天际。

正当我这么想着的时候，我不禁陷入沉默并对自己感到陌生，因为这样的想法之前从未产生过。这时，布丽吉特停了下来，抓住我手中的篮子。

“现在我必须上山了，”她说，“我们的人在上面的田里。你呢，你去哪里？你跟我来吗？”

“不，我不能跟你走。我必须去漫游世界。非常感谢你的面包，布丽吉特，还有你的吻。我会想你的。”

她拿走她的食篮。她棕色阴影下的眼睛再次朝我靠近，她的双唇盖住我的，她的吻那么美好，以至于我不由地感到悲伤。于是匆匆地道了声“再见”，急忙沿着马路往下跑去。

姑娘慢慢地朝山上走去，站在森林边枝叶下垂的山毛榉树下，远远看着我。我朝她挥手，在头顶挥舞帽子。她又一次点点头，然后便像一幅画静静消失在山毛榉的阴影中。

我平静地走在路上，脑子里想着事儿，直到路在一个拐角处转了个弯。

眼前立着一座磨坊，磨坊边的水面上停着一艘船，船上独自坐着一个男人，似乎正等着我，因为当我脱帽致意、登上船后，船便马上开动，顺流而下。我坐在船的正中，那男人坐在舵后，我问他我们驶往哪里，他抬起头，用他那朦胧的灰眼睛看着我。

“去你想去的地方，”他压低声音说，“顺河而下去大海，或者去那些大城市，你来选择。一切都属于我。”

“一切都属于你？那你是国王？”

“也许吧。”他说，“我看你是个诗人吧？给我唱首航行的歌吧！”

我平静了一会，在这个严肃的灰暗男人面前，我感到害怕。我们的船飞快而无声地顺流而下。我唱起河水的歌：河水载着船，倒映着太阳，拍击在沿岸石壁上哗啦作响，欢快地结束它的旅行。

男人的脸上毫无表情。等我停下来，他安静地点着头，好似在做梦。令我惊讶的是，随后他也开始唱起来，他唱的也是河水的歌：河水在山谷间旅行。他的歌比我的更动听、更有力量，一切听起来完全不同。

他唱的河流，如一个踉跄的破坏者自山上奔腾而来，阴沉而狂野。它哗哗作响，感到自己被磨坊压制，被桥梁横跨；它恨自己必须承载的每一艘船；而在它的波涛中，在长长的青色水草间，它笑着摆弄那些溺水者苍白的尸体。

我不喜欢这一切，但他的歌声却是那么美、那么神秘，令我甚为迷惑，不安地默不作声。如果这位优雅、睿智的年长歌者以他低沉的声音所唱出的东西都是正确的，那么我所有的歌就不过是愚蠢的玩意儿和拙劣的顽童游戏，那么这个世界从根本上也并非如同上帝的心灵一般美好光明，而是黑暗痛苦、阴险邪恶的；如果森林簌簌作响，那不是出于快乐，而是因为痛苦。

我们的船开着，日影渐渐变长。我的歌声越来越不清朗，我的声音越来越轻柔；每一次陌生的歌者都回应我一首歌，那歌把世界唱得更加神秘与痛苦，使我变得更加局促与悲伤。

我的心灵感到悲痛，我遗憾自己没有留在岸上、留在花儿旁边，或者留在美丽的布丽吉特身边。为了在渐起的暮色中宽慰自己，我再次大声地唱起歌，在绯红的夕照中，唱布丽吉特和她的吻。

暮色升起，我沉默不歌，掌舵者唱了起来，他也唱爱情与爱情的欢乐，唱栗色与蓝色的眼眸，唱红艳、湿润的嘴唇。他在暗黑的河流上唱出来的悲痛的歌，动听又令人动容，他歌中的爱情也是幽暗的、惊恐的，有着致命的秘密——人们迷惘着，在他们的困苦与渴望中摸索着这秘密，并为此受伤和相互折磨。

我倾听着，变得疲惫而伤感，仿佛已奔波多年，历经的全是悲恸与愁苦。我感到陌生人身上始终有一股冰冷的悲伤与恐惧如河流般悄悄向我涌来，潜入我的心中。

“原来至高至美的并不是生命，”我最后苦涩地喊道，“而是死亡！那我请你，悲伤的国王，给我唱一首死亡的歌！”

掌舵人这下唱起了死亡。我从未听过更美妙的。然而，死亡也不是至高至美的，对谁来说都不是慰藉。死就是生，生即是死，它们相互纠缠于永恒、狂暴的爱之斗争中，这斗争就是世界的结局与意义：从中射来一束光，能够赞美所有的愁苦；从中飘来一片阴影，能够遮蔽所有的欢乐、所有的美。黑暗将它们包围，但黑暗中的欢乐愈加热烈、美丽，这黑夜里的爱也愈加深沉。

我安静地倾听着，内心除了这个陌生人的意志再无其他。他的目光驻留在我身上，安静并带着某种悲伤的善意。他的灰眼睛充满痛苦与世界的美。他朝我微笑，我鼓起勇气困窘地请求道：“唉，我们回去吧！这里的黑夜让我恐惧。我想回去，回到可以找到布丽吉特的地方去，或者回到我父亲那儿去。”

那人站起来，指指黑夜，他的灯笼明亮地照耀在他瘦削而坚定的脸上。“没有回去的路，”他严肃而友好地说，“人如果想探索世界，必须一直前行。那个有着栗色眼睛的姑娘给了你最好、最美的东西，你离她越远，那些就将越美好。一直向前，驶往你想去的地方吧，我要把我的舵位让给你！”

我沮丧至极，却也知道他说得对。我满怀乡愁地想起布丽吉特，想起家乡，想起刚刚还与我亲近、属于我，现在却已离我而去的充满光明的一切。但现在我要接替陌生人的位置，掌起船舵。必须如此。

我默默地站起身，向舵轮走去，那人无言地朝我走来。当我们靠近时，他坚定地直视我，把他的灯笼递给我。

等我在舵轮后坐下，把灯笼挂在我的身边，我毛骨悚然地发现自己竟是孤身在船上。那个人消失了，但我并不吃惊，我已经有所预感。我感到，这美好的一日旅行、布丽吉特、我的父亲以及家乡只是一个梦。我年迈且悲凉，仿佛一直都在这条夜间的河流上航行。

我知道不可以呼喊那个人。意识到这一真相我一阵寒战。

为了确认我已经有所预感的东西，我俯身到水面上，举起灯笼。在乌黑水面映出的倒影中，我看到一张棱角分明、神情严肃、有着灰色眼睛的脸，一张苍老、洞悉一切的脸。那是我。

黑夜中，黑暗的水面上，我无路可返，继续航行。

鸢尾花

童年的春天里，安塞尔姆奔跑在绿色的花园中。母亲的花中有一种叫鸢尾花，尤其招他喜爱。他把脸颊贴近她高高的浅绿枝叶，手指触压她锐利的叶尖，凑近嗅闻她奇妙的花瓣，长久地凝视花朵内部。那里从淡蓝色的花床上挺立起两行长长的嫩黄色的细指，有一条明亮的小路从中穿过，向下通往花萼，通往花朵遥远的蓝色神秘国度。他深爱着这花儿，久久注视，看那嫩黄色的纤细肢触一会儿宛如皇家花园的金色篱笆，一会儿又似两排秀丽的梦中树木，纹丝不动。中间那条神秘万分的小路，交织着玻璃纸般脆弱的、生机勃勃的脉络，明亮地潜入花心。花瓣的弯弧夸张地拱起，金色树木间的小路朝向后方，消失在洞穴尽头深不可测的地方。路的上方，紫罗兰色的弯弧君王般地卷曲，把纤薄的阴影魔幻般地投在静候的奇迹上。安塞尔姆知道，那儿是花的嘴巴。她的心灵与思绪在黄色的绚丽花蕊后、蓝色的洞穴中安居，她的气息与美梦从娇柔、明亮、经络透明的小路上进出。

大花朵旁是些仍未绽放的小花苞，挺立于稳固、多汁的枝头，藏在褐绿色外壳的小小花萼中。幼小的花朵被紧紧包在明亮的翠绿与淡紫中，悄然但有力地破壳而出，纤柔的花尖那抹初生的深紫色紧致而娇柔地蜷缩着，朝外探视。这样紧紧蜷缩的幼嫩花叶上，也已经能看到经络错杂的纹路。

清晨，当他从夜眠、晓梦和远方的世界中归来，走出房子，花园仍伫立原地，始终如新，等候着他。昨天仍紧紧蜷缩着从绿外壳向外凝望的、坚硬的蓝色花尖，这时已是一片幼嫩的花瓣，纤薄靛蓝如空气一般，像舌头，像嘴唇，摩挲着找寻梦想已久的形状与曲度。在底部，在与外壳仍平静地抗争的地方，可以预感到，纤柔的嫩黄生命、脉络交织的明亮小径以及遥远、芬芳的灵魂深谷已经做好了准备。也许在中午，也许在晚上，她就会盛开，蓝绸带在金色的梦中树林上拱起，她最初的梦想、思绪与吟唱静静地从神奇的深谷中倾吐而出。

有一天，草坪上遍布蓝色的风铃花。有一天，一声新响、一缕新的气息出现在花园中，阳光下泛红的叶片上垂立着第一朵娇柔的金红色月季。有一天，再不见鸢尾花。她们走了，再没有金色围篱的小路温柔地通向芬芳的秘密深处，呆板的叶片尖尖地、冷漠地耸立，陡觉陌生起来。然而灌木丛中的红浆果却熟了，蓝菊丛上飞过不曾耳闻的蝴蝶，红棕色，背部泛着珍珠光泽，嗡嗡叫着，翅膀透明，嬉闹着自由地飞舞。

安塞尔姆跟蝴蝶、鹅卵石说话，与甲虫、壁虎做朋友，鸟儿给他讲鸟儿的故事，欧洲蕨偷偷给他看硕大的叶片下的棕色种子，绿水晶般的玻璃碎片为他捕捉日光，化身为宫殿、花园和闪闪发光的藏宝阁。当百合花凋谢，金莲花就绽放；当月季花枯萎，黑莓则变作棕色——一切都在交替，始终存在，始终离开，到时节又重现。即便那些令人惊惧的特殊时节，寒冷的风在杉树间鼓噪，满园苍白的枯叶了无生气地瑟瑟作响，这样的日子也会带来一首歌、一段经历、一个故事，直到一切再次降临。窗前下起雪，玻璃窗上结出棕榈树丛似的冰花。天使携着银钟飞过夜晚，田野和大地散发出干果的芬芳。友情和信任绝不会从这个美好的世界上消失，当雪花莲悄然在黑色的常春藤叶子旁再次盛开，当第一群鸟儿在新晴的蓝色天空高高飞过，大地重又恢复原状，仿佛一切始终不曾逝去。直到有一天，出乎意料却又确切得仿佛必然如此，在始终如一的期冀中，最早的蓝色花尖再一次从鸢尾花的花茎向外探视。

一切都那么美，都让安塞尔姆感到喜乐、熟悉和友善，但对这孩子而言，每一年中充满魔力与恩赐的盛大瞬间还是属于那第一朵鸢尾花。在最早的孩童之梦中，安塞尔姆从她的花萼中第一次读到奇迹之书。她的芳香与无数起伏的蓝色幽影对他而言是一种呼唤和进入奥秘之境的钥匙。就这样，鸢尾花伴他度过了所有纯真的年华，在每个夏天都焕然一新、神秘动人。其他花也有嘴巴，其他花也散发芳香与思绪，其他花也吸引蜜蜂和甲虫进入它们小小的、甜蜜的花房，但这小男孩爱蓝色的鸢尾胜过其他任何花儿，鸢尾花重要到被他看作是一切值得思索与令人惊叹的东西的譬喻和范例。当他望着她的花萼，他的思绪沉浸在明亮的、梦幻般的小路上，正对奇异的黄色灌木中朦胧的花朵内核。他的灵魂望见一扇大门，门里，景象变成谜团，视觉化为预感。他有时在夜里也梦见花萼，看到它巨大无朋地在眼前敞开，好像一座天宫的大门，他骑着马，或乘着天鹅，进到里面，和它一起悄悄飞翔、驰骋、滑行在整个世界上，被魔力牵引着，深入壮美的深渊。在那里，每一个期待必得实现，每一次预感必成现实。

大地上的每个景象都是一种象征，每种象征都是一扇敞开的门，当灵魂做好准备，就能穿过它进入世界的内部，在那里，你和我，昼和夜，一切都归一。每个人一生的旅程中都会遇到一扇打开的门，不是在这里就是在那里，每个人都会在某个时候闪过这样的想法，即所有可见的一切都是种象征，而在这个象征背后隐藏着不朽的精神与生命。然而很少有人穿过那扇门，为预见内部的真实而放弃美丽的表象。

在小男孩安塞尔姆看来，他的花萼是一个摊开的、安静的问题，他的灵魂涌动，预感到一个神圣的答案，朝这问题迫近。然而，各种各样可爱的东西又把他拉跑了，他去跟小草、石头、根茎、树丛、小动物以及他世界里所有的朋友们交谈、玩耍。他经常深深地陷入对自己的观察之中，因自己身体的奇特之处呆坐出神。他闭上眼睛感受嘴巴和咽喉在吞咽、歌唱，或呼吸时独特的起伏、感觉与想象，仿佛那里有一条通道和一扇大门，能使心灵和心灵相互交流。他惊叹地观察闭眼时从紫色的黑暗中浮现的彩色图形——蓝色与深红色的点状或半弧，夹杂着玻璃般明亮的线条。有时候，安塞尔姆惊喜雀跃地感受到眼睛与耳朵之间、嗅觉与触觉之间细微的、千丝万缕的联系；感受到音调、声响、字母在一些美妙的短暂瞬间跟红与蓝、坚硬与柔软类似；或者在嗅闻一株药草或一块剥落的绿树皮时，惊讶于嗅觉与味觉竟如此紧密相连，常常相互融合，相互转变。

所有的孩子都有这些感觉，尽管不是所有人都同样敏感，感受强烈。对许多人而言，在他们仍未学会拼读第一个字母之前，这一切已经远去，仿佛不曾有过。而有的人，童年的秘密则紧密陪伴，那余音残响陪着他们直到白发苍苍，直到垂垂暮年。所有孩子——只要他们依旧置身于那个秘密当中——永不停歇地在灵魂中为那唯一重要的、为自己、为他们个人同周遭世界的神秘联系而忙碌。探索者与智者历经岁月变得成熟，回归执着，但大部分人早已将真正重要的内心世界永远忘记、抛弃，一辈子迷失在缤纷的迷宫中。那里面充斥着各种担忧、愿望与目标，它们中没有一样扎根在他们的内心最深处，没有一样能引领他们回到内心最深处，回到家里。

安塞尔姆童年的夏天与秋天轻轻地到来，又悄悄地离去了，雪花莲、紫罗兰、桂竹香、百合花、长春花和玫瑰，一次次盛开又凋零，一如既往地美丽繁盛。他与它们共同经历着时间的流逝，他与花儿、鸟儿说话，倾听树木与泉水，用老办法把写下的第一个字母、友情的第一份苦闷带到花园，带给母亲，带给花坛上五颜六色的石头。

然而有一年，春天不再如以往般动听、芬芳。乌鸫在唱歌，却不是曾经的歌曲；蓝色的鸢尾花绽放，却不再有梦和童话人物从花萼的金色篱笆小路上进出。草莓躲在它们绿色的叶影下偷笑，闪亮的蝴蝶在高耸的扇形花序上跌跌撞撞，一切都与以往不同。许多其他事情也侵扰了小男孩，他和母亲多次吵架。他自己也不知道是怎么回事，为什么有东西令他痛苦，持续使他心烦意乱。他只看到，世界变了，延续至今的友谊都离他而去，剩他独自一人。

这样过去一年又一年，安塞尔姆不再是孩子。花坛边五颜六色的石头变得无趣，花儿变得沉默，甲虫被他用针扎在一个盒子里，他的灵魂踏上了漫长、艰难的曲途，旧有的欢乐已经败落、枯萎。

这个年轻人急遽地闯进生活。于他，生活似乎现在才刚开始。象征的世界被吹散、被遗忘，新的愿望和道路诱惑着他。童年像一缕芳香，依旧牵绊在他蓝色的目光中、柔软的发丝间，但当他忆及时，却不再喜欢。他把头发剪短，目光中竭力添上冒进与野心。他变化无常的情绪在不安的青春时代爆发，一会儿是好学生、好朋友，一会儿孤独又害羞，在青春期第一次酒后发作中，他渐渐变得野蛮而暴躁。他被迫离开家乡去外地求学，他很少回来，回来也只是短暂地探望母亲。他长大成人，模样大变，衣着也变得讲究。他与朋友同来，带着书，也经常带着其他东西。当他走过曾经的花园，花园在他涣散的目光下显得又小又宁静。他再不会从石头与树叶的斑斓纹路上阅读故事，他再不会看到上帝和永恒在蓝色鸢尾花的秘密中安居。

安塞尔姆上了高中，又上大学。他返乡的时候先是戴一顶红色帽子，之后是黄色帽子；先是嘴唇上有一簇绒须，之后是一抹年轻的短髭。他随身带着些外文书籍，有次还带了一条狗。在他胸前的皮袋里，有时装秘密的诗篇，有时是古老的格言，最终是漂亮少女的相片与信件。他再回来时，已到过遥远的陌生国家，乘过海上巨大的轮船；他再回来时，已是年轻的学者，戴黑帽黑手套，年老的邻居们在他面前脱帽，称呼他教授——尽管他还不是；他再回来时，一身黑衣，修长而肃穆地走在缓慢行驶的灵车后，车上，母亲躺在以花作饰的棺材里。之后，他很少回乡。

在大城市里，安塞尔姆现在给大学生们上课，他是位有名的学者，走路、散步，或坐或立，与世人并无不同，穿戴精致的礼服和帽子，神情严肃而友好，眼神热切，有时略显疲惫，如其所愿地成了一位绅士和学者。此时他正经历的，类似于他在童年末期所经历过的。他突然感到年华飞逝，异常孤独、不满地站在他孜孜以求的世界中央。成为教授并不是真正的幸福，受到市民和学生深切的问候，也并不令人满足。一切好像都枯萎了，落满灰尘，幸福又一次远远地停留在遥远的未来，而抵达那里的路，看起来炎热、尘土飞扬、寻常无奇。

这期间，安塞尔姆常到一个朋友家中，朋友的妹妹吸引了他。他现在已不会轻易追着漂亮的脸蛋跑了。他感到自己的幸福必定会以某种特别的方式到来，而不是藏在每一扇窗户后面。他非常喜欢朋友的妹妹，常常相信自己是真的爱她。她是个特别的姑娘，每个动作、每句话都带有独一无二的个人风格。跟上她的脚步，与她的节奏保持协调，也不十分容易。有时候在晚上，安塞尔姆在他寂寞的公寓里来回走动、沉思，听自己的脚步声穿过空荡荡的房间，他常常为这个女友进行内心斗争。她比他所期望的妻子年长。她非常自我，大概很难追随他的学术志向，因为她一个字也听不进去，何况她身娇体弱，尤其受不了社交与节日。她最爱伴着鲜花、音乐，可能还有一本书，活在孤单的寂静中，等待别人朝她走来，或者让世界自行其是。有时候她那么柔弱敏感，陌生的一切都让她痛哭，随后她又会在幸福中文雅地笑起来。见者心知，想要带给这个美丽而独特的女子某些有意义的东西，该有多难。安塞尔姆常常相信她也爱他，又常常觉得，她谁也不爱，只是对所有人都温柔友好，除了安静待着，她对世界别无他求。但他想要的不是这些，如果他娶妻，那么屋子里必是生气勃勃、高朋满座。

“伊利斯，”他对她说，“亲爱的伊利斯，但愿世界是另一个样子！倘若世界美丽而温柔，除了鲜花、思绪和音乐再没有其他，那么我就别无所求，只想一辈子待在你身边，听你的故事，感受你的想法。你的名字就让我心情愉悦，伊利斯是个美妙的名字，虽然我完全说不清它使我想起了什么。”

“你是知道的，”她说，“蓝色的鸢尾花也叫这个名字。”

“对，”他忐忑不安地说道，“这个我知道，光这个就已经很美。可是，每次我说出你的名字，它还让我想起别的东西。我不知道是什么，好像跟某些久远的珍贵记忆联系在一起，可我不知道也找不出那是什么。”

伊利斯朝他微笑，他一筹莫展地站着，手揉着额头。

“每次我嗅闻花朵也是这个样子。”她用轻得跟鸟儿似的声音对安塞尔姆说，“每次我的心都觉得，芳香里有某个念想，与一些极美好、珍贵的东西联系着。它曾在我面前出现，又被我丢失。听音乐时也是如此。偶尔在读诗时，有些东西会突然闪现。只是一眨眼的工夫，仿佛能看到遗失的家乡躺在山谷中，然后立刻又消失，又被遗忘。亲爱的安塞尔姆，我相信我们就是为这个而活在世上，为了思索、寻找、倾听那遗失的、遥远的声音，它们的背后是我们真正的家乡。”

“你这么说真好。”他奉承说。他感到自己胸口被什么扎了一下，很痛，那里似乎藏着一个指南针，不可阻挡地指向远方的目标。不过，这个目标和他所追求的完全不同，让人痛苦。追逐在漂亮姑娘身后，在幻梦中虚度人生，这是他该做的吗？

其间有一天，安塞尔姆先生经过一趟孤独的旅行回到家里，发现他空落落的学者公寓又冰冷又压抑。他跑到他的朋友那，试图向美丽的伊利斯求婚。

“伊利斯，我不想再这么生活下去，”他对她说，“你一直是我的好朋友，我要告诉你一切。我必须有个妻子，否则就觉得我的生活空无一物，毫无意义。可是除了你，我可爱的花儿，我还会希望谁来做我的妻子？你愿意吗，伊利斯？你会得到很多花，能找到的花全都是你的。你会有最美丽的花园。你愿意跟我走吗？”

伊利斯久久地、平静地看着他的眼睛。她没有笑，也没有脸红，只是用坚定的声音回答他：“安塞尔姆，我对你的问题并不惊讶。我爱你，尽管我从来没有想过成为你的妻子。但是你看，我的朋友，我对自己要嫁的人有很高的要求。我的要求比大多数女人都高。你给我送花并认为这就好了，但我可以没有花，也可以没有音乐，如果有必要，我可以放弃这一切和其他很多东西。但有一点，我永远不能也不愿放弃：哪怕只活一天，我也绝对要把内心的音乐当作人生的头等大事。如果我要和一个男人生活，那么他内心的音乐必须与我的绝妙合拍；他唯一的追求必须是让自己的音乐听起来纯粹，与我有某种微妙的平衡。你能做到吗，朋友？你也许不会再有名，不能获得荣誉，你的房子会变得安静。你额头的皱纹，我熟知多年的皱纹也必须全部抹平。啊，安塞尔姆，行不通的。你看，你是那种非做学问不可的人，所以额头上的新皱纹越来越多，总有新的忧虑。我的想法是，我这个人你大约也爱，觉得我漂亮，但和多数人一样，我于你不过是件精致的玩具。啊，好好听我说：现在对你而言是玩具的一切，对我而言却是生活本身，对你也应该是一样；你费力劳神的一切，对我而言是玩具，我认为不值得为之生活。我不会再变成别的样子，安塞尔姆，因为我按着内心的法则生活。你能变得不一样吗？若要我成为你的妻子，你必须完全改变。”

惊诧的安塞尔姆在她的意志前沉默了——他向来认为她软

弱贪玩。他沉默着，心不在焉，激动地捏碎了从桌上拿来的那朵花。

伊利斯从他手里轻轻地把花拿走，这在他心中就好比是对他严厉的指责。但这时，伊利斯突然又灿烂、亲切地笑了，仿佛从黑暗中意外地找到一条路。

“我有个想法，”她轻声说，脸颊发红，“你也许会觉得古怪，看上去像一时兴起的念头，但不是。你愿意一听吗？你愿意接受它，让它来替你我决定吗？”

安塞尔姆不理解，苍白的脸上尽是担忧，看着他的女友。她的笑容激起他的信赖，促使他答应。

“我想给你一个任务。”伊利斯说，迅速变得非常严肃。

“说吧，这是你的权利。”安塞尔姆屈服了。

“我是认真的。”她说，“这也是我最后的话。你愿意接受吗，就像它来自我的灵魂，哪怕不能马上理解也不讨价还价？”

安塞尔姆做出保证。她站起来，伸手给他，说：“你对我说过许多回，每次叫我名字的时候，都感觉想起某些遗忘的事情，它们曾对你重要而神圣。这是个信号，安塞尔姆，这些年是它们把你带到我身边。我也相信，你的灵魂失去和遗忘了某些重要而神圣的东西，它们必须被重新唤醒，你才可以找到幸福，抵达你所确信的。保重吧，安塞尔姆！给你我的手，请求你：去吧，看看能不能在你的记忆中，重新找到我的名字让你想起的那些事。你再次找到它们的那天，我愿做你的妻子，无论你想去哪里都跟你走，你追求的就是我想要的。”

惊愕、困惑的安塞尔姆想打断她的话，责备这样的要求不过是一时兴起，但她用清澈的眼神提醒他曾经的承诺。于是他沉默了。安塞尔姆垂下眼睛，拿起她的手，放到唇边亲吻，然后走了。

他在一生中曾接受、达成过一些任务，但没有哪个像这次这么奇特、这么重要、这么令人泄气。日复一日，他来回奔走，费劲地思索，反复陷入又绝望又恼火的时刻，斥骂整个任务就是女人一时的疯狂念头并排斥它。然而，他的内心深处却在反对，那儿有一种非常细微的、隐秘的痛苦，一个极其轻柔的、几不可闻的劝告。这个发自他内心的细微的声音，认同伊利斯，提出和她一样的要求。

只是这任务对这个学识渊博的男人而言出奇地困难。他要回忆起早已忘记的事情，他要从沉积的岁月蛛网中重新找到一根金色的丝，他要用双手抓住并献给爱人的东西，无非是一阵吹散的鸟鸣，是听音乐时的一丝欢乐或忧伤，比思绪更加微妙、短暂、无形，比夜晚的梦还要虚幻，比晨间的雾还要缥缈。

有时候，他沮丧地从这一切中抽身，牢骚满腹地打算放弃，这时仿佛就有一股气息从遥远的花园吹来。他暗自轻轻念诵伊利斯的名字，十遍百遍，好像给上紧的琴弦检查音色。“伊利斯，”他低呼，“伊利斯。”他感觉内心有东西在活动，带着细微的疼痛，就像一座废弃的旧房子里，门无风自开，窗嘎嘎作响。他检查自己的记忆，相信自己已把它们整齐叠好装在心里，然而却震惊而茫然地发现：他记忆的宝藏远远小于他所以为的。当他回头看去，许多年的事情都缺失不见，空白得如同未经书写的纸张。他发现，要清晰地再现母亲的形象困难重重。他年少时火热追求过大约一年之久的少女的姓名，他已彻底忘记。他想起一条狗，那是他上大学时一时兴起买下的，曾和他生活过一段时间。他用了许多天，才重新记起狗的名字。

这个可怜的男人带着与日俱增的忧伤与恐慌，痛苦万分地看着他耗散而虚无的生活摊在身后，不再属于他，不再熟悉，不再和他有关系，仿佛曾经熟记在心的东西，如今费尽力气却只能拼凑出空洞的片段。他开始写作，想要一年一年地回溯，写下他最重要的经历，以期把它们重新牢牢掌握在手中。可是什么是他最重要的经历？成为教授？成为博士？念高中和大学的那段日子？或者在某个记不清的时间里喜欢过这个或那个姑娘？他惊恐地睁开眼：这就是生活？这就是一切吗？他拍打额头，放声大笑，不能自已。

时间飞逝，它从没有跑得这么迅速而无情！一年过去了，他看起来仍旧站在当初离开伊利斯时的同一个地方。但他发生了巨大的改变，除了他自己，每个人都看在眼里。他变得更成熟，又变得更年轻。熟人们几乎认不出他，他散漫、乖张、古怪，逐渐获得了“怪人”的称呼，让人同情。他单身太久了。安塞尔姆有时会忘记自己的职责，让学生们白白地等候；有时候会满腹心思地在街上踽踽独行，前行时用破旧的大衣挨家逐户地去擦外墙腰线的灰尘。有人说他开始酗酒。另有几次，他在讲课中突然在学生面前停了下来，试图回想什么，笑得跟孩子一样，笑得震撼人心——没人见他这么笑过。然后，他又继续讲课，声音温暖而感人，直抵许多人的心灵。

他在遥远岁月的芳香与飘散的痕迹背后毫无希望地漫游，这漫游早已获得了一种新的意义，而他自己却一无所知。他越来越频繁地发现，那些他称之为记忆的东西背后，还存在其他记忆，好比一面古老的壁画，有时在年久的画像背后还暗暗潜藏着更久远的、被覆盖的画像。他想要随意地做些回想，比如某个他曾经在旅行中待过几日的城市的名字，或者某个朋友的生日，或者随便什么事情。当他像挖掘废墟一样翻出某一小段过去，他会突然想起一些完全不同的东西。一股气息向他袭来，仿佛四月清晨的风，或九月的雾天，他闻到芳香，尝到美味，感到某个地方模糊、温柔的触摸——皮肤上、眼睛里、心中。他渐渐明白：曾有蔚蓝、温暖，或凉爽、灰暗的一日，或者其他随便什么日子，这一日的本质必定深植于他体内，作为模糊的记忆存在。他清楚闻到、感觉到的春天或冬天里的那一日，在真实的过去中却无法找到，没有名字，没有日期，可能在学生时代，可能还在摇篮时期，但那芳香始终未散。他感到体内有东西生机勃发，但不知道是什么，不能命名它、确认它。有时候，他感觉，凭这些记忆兴许可以穿越生命回到某个前世的过去——虽说这让他发笑。

通过记忆的入口，安塞尔姆在迷惘的漫游中找到了许多。他找到许多吸引、感动他的，找到许多让他害怕、焦虑的，但是他没有找到伊利斯这个名字的意义。

带着遍寻不着的痛苦，他也曾重访他的家乡，又一次看到那些森林与巷子、小径与篱墙。他在童年的旧花园里伫立，感到心潮澎湃，过去就像一个梦缠绕着他。他既悲伤又平静地从那里回来，推说生病，拒不见客。

不过，有个人仍旧来找他，那是他向伊利斯求婚后再没见过面的朋友。他走进来，看到安塞尔姆颓废地坐在没有欢乐的房间里。

“起来！”他说，“跟我走，伊利斯想见你。”

安塞尔姆跳了起来。

“伊利斯！她怎么了？——噢，我知道，我知道了！”

朋友说：“跟我走！她要死了，她生病卧床很久了。”

他们来到伊利斯身边。她静静躺在床上，瘦弱得像个孩子，但是闪着一双大眼睛欢快地笑着。她朝安塞尔姆伸出苍白的、轻盈的、孩童般的手。伊利斯的手在他的手中宛若一朵花，她的面庞仿佛变得崇高。

“安塞尔姆，”她说，“你生我的气吗？我给了你一个艰难的任务，我看到你在忠诚地执行它。继续找吧，顺着这条路，直到抵达目标！你觉得自己是因为我才走上这条路，但不是，这是因为你自己，你知道吗？”

“我有预感，”安塞尔姆说，“现在我知道了。这是条漫长的路，伊利斯，我早该回来的，可我找不到归路。我不知道，我应当变成什么样子。”

她看着他悲伤的眼睛，笑容明亮，令人宽慰。安塞尔姆俯身在她纤细的手上，久久哭泣，眼泪把她的手弄湿了。

“你应当变成什么样子，”她用一种宛如回忆的声音说，“你应当变成什么样子，你不必问。你在生活中寻找了许多东西。你找过荣誉、运气、知识，你找过我，你的小伊利斯。这一切都只是美丽的幻景，它们会离开你，就像我现在必须离开你一样。我也是如此，我总是在寻找，找到的总是美丽、可爱的幻景，它们总会崩塌、凋零。现在我不再记得任何图像，我不再寻找任何东西，我回家了。只需再迈一小步，我就能回到家乡。你也会到那里，安塞尔姆，你的额头上将不再有皱纹。”

她的脸色惨白，安塞尔姆绝望地叫道：“噢，再等等，伊利斯，不要走！给我个标记，告诉我我还没有完全失去你！”

她点点头，向身边的一个玻璃瓶伸手，递给他一朵新鲜绽放的蓝色鸢尾花。

“给，给你我的花，鸢尾花，不要忘记我。去找我，去找鸢尾花，然后你将来到我身边。”

安塞尔姆哭着把花拿在手中，哭着向她告别。等朋友通知他，他又再来，帮忙用鲜花装饰她的棺材，葬入土中。

之后，安塞尔姆的生活崩溃了，他感到自己再不可能顺着那根蛛丝继续编织。他放弃了一切，辞去教职，离开城市，从世上销声匿迹。他在这儿或那儿被看到——在家乡现身、靠在旧花园的篱墙上，但当人们打听、关心他时，他又消失不见。

鸢尾花依旧招他喜爱，只要他看到她，就俯身亲近她。他的目光久久地沉浸在她的花萼中，他感到从那蓝色的花底吹来芳香以及对一切过往与将来的预感，然而预感没有实现，他便悲伤地继续前行。他感到自己似乎倚在一扇半开的门上偷听，听到门后最迷人的秘密在呼吸，而当他刚以为这下一切必会向他展开、一切必会实现的时候，门却关上了，只有尘世的风冰凉地吹拂着他的孤独。

梦中，母亲跟他说话。多年来，她的形象与脸庞从未像如今这般清晰、亲近。伊利斯也跟他说话。当他醒来时，仍有声音在回响，他会花上整天时间去追忆。他居无定所，穿越陌生的国度。是借宿在陌生人家中还是睡在森林里，吃的是面包还是浆果，喝的是酒还是灌木叶上的露水，他全然不知。许多人觉得他是傻子，许多人觉得他是巫师，许多人怕他，许多人笑他，许多人爱他。他学到很多从来不会的东西，跟孩子们一起，参与他们奇特的游戏，与折断的树枝，与小石子说话。冬去夏来，他凝望花萼，也凝望小溪与大海。

“心像，”他有时自言自语，“一切只是心像。”

但是在内心中，他感觉到某种本质。这种本质不是心像，他跟随着它。它有时会说话，那是伊利斯的声音，是母亲的声音，是慰藉与希望。

奇迹与安塞尔姆相遇，却不能让他感到惊奇。他曾在雪中穿过冬天的大地，胡子上挂满冰碴。雪中，一株尖尖的鸢尾修长地挺立着，开放了一朵美丽而孤独的花。他俯下身，笑了。这下他认出来了，鸢尾花反复提醒他的是什么。他又认出了童年的梦，看到金色的细枝间，亮蓝色的小路交织着明亮的脉络，通向花朵的秘密和心脏。他知道，那里就是他所寻找的，那里就是本质——不再是心像——的所在。

各种提醒再次降临，各种梦境引领他来到一座小屋，那里有孩子，他们给他牛奶，他跟他们一起玩，他们给他讲故事，告诉他森林里的烧炭工发现了一件奇事：有人看到千年才开一回的冥界入口打开了。他凝神听，朝这个可爱的心像点头，而后继续前行。桤木林里有一只鸟在他前面唱歌，它的声音罕见地甜美，好像死去的伊利斯。他跟着它，鸟儿又飞又跳地一直前进，越过溪流，远远地深入森林。

等到鸟儿沉默，听不到也看不见的时候，安塞尔姆停了下来，环顾四周。他置身于森林中的一处深谷，宽阔的绿叶下一道溪水轻声奔流，除此以外，一切静默着、等候着。但在他的胸中，鸟儿仍在歌唱，用那亲切的声音，驱使他前行，直到他站在一面峭壁前。峭壁上长满苔藓，中间裂开一条缝，又细又窄，通往山的内部。

一个老人坐在裂缝前，他看到安塞尔姆靠近，站了起来，喊道："回来！那是冥界的门。没有人进去后还能再出来的。"

安塞尔姆抬起眼，看向峭壁之门。他看到山体深处有一条蓝色的路逐渐消失，金色的柱子密集地立在两侧，路向着深处下沉，仿佛沉入一朵巨大花朵的花萼中。

鸟儿在他的胸中欢快地歌唱，安塞尔姆越过看守人，进入裂缝，穿过金色的柱子，直往深处的蓝色秘密而去。这是伊利斯，他闯进的是她的心；这是母亲花园里的鸢尾花，他踏进的是她蓝色的花萼。当他平静地朝着金色的朦胧走去，所有的记忆与知识一下子全部回到他身上。安塞尔姆抚摸它又小又柔软的手，耳中响起爱的声音，又近又熟悉。那声响，还有金色柱子的闪光，就跟当初童年的春天里的声音与光亮一样。

他的梦，他孩童时做的梦也在那儿。他梦见自己走进花萼，整个世界跟在他身后漫步徐行，沉入藏在所有幻景背后的秘密之中。

安塞尔姆开始轻声歌唱，他的路缓缓向下沉入家乡。

另一星球的奇怪消息

在我们美丽的星球上，南方的一个地方发生了一起可怕的灾难。伴随着可怖的暴风雨和洪水，地震重创了三个大村庄以及村里所有的花园。田地、森林及各种植物都被毁了。一大批人与动物丧生，而最让人悲伤的是，到处缺少必要的鲜花来入殓尸体，装点墓地。

其他事情很快得到了处理。恐怖的灾难一过，信使们便立即带着爱的呼唤，迅速赶赴相邻地区；所有的钟楼里都唱响了令人感动的诗句。那诗自古以来便作为向慈悲女神的致意而广为人知，其声音无人能够抵挡。没多久，各城各地便赶来一批批富有同情心和乐于帮助他人的人，那些流离失所的不幸者则被亲切的邀请包围，到亲戚、朋友或者陌生人家暂居。食品衣物、车辆马匹、工具、石材木材，还有许多其他东西从四面八方送来支援。当一只只慈爱的手还在同情友爱地领着老弱妇孺离去，细心地清洗伤口、包扎伤员，在废墟下寻找死者时，另一些人已经着手清理坍塌的屋顶，用木梁支撑摇晃的围墙，为快速重建准备所有必需物。尽管空气中仍弥漫着灾难带来的恐怖，死者使人感到悲伤，人们保持着敬畏的沉默，但是在所有的面孔上、声音里，都能够感觉到愉悦的奉献精神、某种柔和的节日气氛；共同的辛勤劳动，以及确信自己在做某些迫在眉睫的、美好并值得感激的事情而带来的振奋，洋溢在所有人的心头。一开始，这一切还只在羞赧与沉默中发生，没多久便可听到这儿或那儿响起欢乐的歌声——共同劳作时轻声吟唱的歌声。所有歌声中都有那两句无比重要的古老格言：一句是“祈福那些刚刚陷入困境的人们，他们希冀善良的心，正如干涸的花园渴求第一场雨水，并以花朵报答”；另一句则是“同甘共苦中涌现上帝的平静”。

可就在这时，人们发现没有足够的鲜花用在葬礼上。虽然已从毁坏的花园里收集到花和树枝装点了最初找到的死者，随后又将附近地区可用的花都运了过来。然而这次灾难的特别之处正在于，被毁的三个村庄恰好拥有这个花季里最大、最美丽的花园。人们每年都来这里观赏水仙花与藏红花，哪儿都比不上这里的花数量多，还有那么多精心培育、花色绮丽的品种，但现在一切都被破坏殆尽。大家手足无措，茫然不知如何才能按照风俗为所有这些亡故者完成仪式——用当季的花装饰每一位去世的人、每一只死去的动物。死亡来得越是突然、越是悲伤，葬礼便要操办得越隆重。

当地最年长者坐着他的马车出现在第一批救援者中。他发现自己没多久就被询问、请求和抱怨团团包围，要费很大力气才能保持自己的乐观与安宁。但是他保持勇气，双眼始终亲切明亮，声音始终清晰有礼，白胡子下的双唇一刻不忘平静善意地微笑——这微笑与他的智者身份是相称的。

“朋友们，”他说，“灾难降临在我们头上，这是诸神对我们的考验。这里被摧毁的一切，我们很快便能为兄弟们重新建起，归还他们。我感谢诸神，让我在老朽之际还能有这样的经历，看到你们全部赶来，倾其所有帮助我们的兄弟。可是这会儿要从哪里找来花卉装饰，用美好而虔敬的礼仪祝福逝者的转生呢？只要我们还活着，就要让这些疲累的朝圣者得到体面的下葬，有鲜花祭祀。这应该也是你们的想法。”

“对，”所有人喊，“这也是我们的想法。”

“我知道。”长老用他慈父般的声音说，“现在我要说说我们必须做的事情，朋友们。所有那些今天不能安葬的亡故者，我们必须把他们送上山去，放到大夏庙里，那里现在还有积雪。很安全的，尸身也不会变坏，能等到他们的花卉。只有一个人可以在这个季节帮我们弄到那么多花，那就是国王。因此我们必须派出我们中的一人去找国王，向他请求帮助。”

所有人又点点头，喊道：“对，对，去找国王。”

“就是这样，”长老继续道，每个人都能看到他白胡子下闪动着美丽的微笑，“可是我们该派谁去找国王呢？他必须年富力强，因为路途遥远，我们要把最好的马给他。他还必须长得好看、心地善良、眼睛明亮，连国王之心都不能抗拒他。最好派个孩子去，本地最漂亮的孩子，可他怎能完成这样一次旅程呢？你们必须帮帮我，朋友们，如果有人愿意当这个信差，或者有谁认识、知道这样的人，那么请告诉我。”

长老默然，明亮的眼睛环顾四周，但没有人走上前来，没有人出声。

他把问题又重复一遍。到第三遍时，人群中走出一个十六岁的少年，几乎还是个孩子。他向长老问好时，目光垂地，面色通红。

长老看着他，一眼就看出这是位合适的信使，但他微笑着说："你愿意当我们的信使，这很好。但为什么这么多人中恰恰是你自愿前往呢？"

少年抬起他的眼睛朝老人看去，说："如果没有其他人愿意去，那就让我去。"

人群中有一人喊道："派他去，长老，我们认识他。他来自这个村庄，地震把他的花园夷平了，那是我们当地最美丽的花园。"

老人亲切地注视着孩子的眼睛，问道："你很为你的花难过吗？"

少年用极轻的声音回答："我觉得难过，但我不是因为这才报名的。我有一个亲爱的朋友，还有一匹我至爱的漂亮的小马，他俩都在地震中死去，躺在我们的大厅里。有了花，他们才能得到安葬。"

长老把手按在他的头上为他祈福。没一会儿，人们为他找来了最好的马。他一眨眼便跃上马背，拍拍马脖子，点头告别，接着冲出村子，穿过潮湿、荒芜的田野远去了。

少年骑行了一整天。为了更快地到达远方的首都，见到国王，他选择了横穿山区的道路。天色开始垂暮时，他牵着马缰爬上一条夹行在森林与岩壁之间的陡峭的路。

一只前所未见的巨大黑鸟飞在他的前方。他跟着那大鸟，直到它落在一座开着门的小寺庙的屋顶。少年让马儿停在林间草地上，自己穿过木柱廊进入简朴的寺中。他发现神座仅仅是一块岩石，一种本地区极难找到的黑色石头；岩石上是少年信使全然陌生的某尊神祇的奇特雕像：一只野鸟正啃噬神的心脏。

他向神像表示敬畏，献上一朵蓝色的风铃花作为祭品——那是他在山脚摘的，插在衣服上。然后他在一处角落躺下来，他非常疲倦，想要睡觉。

但睡意却无处可寻，以往每晚它总是不请自来，候在床边。岩石上的风铃花，或者黑色石头本身，或者其他什么，流泻出一种眩目刺鼻的香气；可怖的神像在幽暗的大堂内如鬼魂一般闪烁；陌生的大鸟蹲在屋顶上，时不时地用力扑打它巨大的翅膀，声响仿佛树林中的风暴。

于是，夜半时分，少年站起身，走出寺庙，抬头看向大鸟。它扑打着翅膀，注视着少年。

“你为什么不睡觉？”鸟儿问。

“我不知道，”少年说，“或许是因为我经历了痛苦。”

“那你经历了什么痛苦？”

“我的朋友和我最爱的马都死了。”

“死亡就这么糟吗？”鸟儿嘲讽地问。

“哦，不，大鸟，它没有那么糟，死亡只是一次告别，我不是为此而悲伤。不幸的是，我们不能安葬我的朋友和美丽的马，因为我们没有花了。”

“还有比这更糟糕的事情。”鸟儿说，它的翅膀不由自主地呼呼拍打着。

“不，大鸟，一定没有比这更糟糕的了。谁不经花祭便下葬，谁就不能按照他的心愿转世；谁在安葬死者时没有举行花祭，谁就会在梦中看到亡者的阴影。你看，我已经无法安睡，因为我的死者还没有花。”

大鸟弯曲的喙发出尖锐的嗒嗒声。“年轻的孩子，如果你除了这些再没有经历过其他，那你对痛苦一无所知。难道你从未听人谈起那些大恶之行吗，比如仇恨、谋杀、妒忌？”

少年听到这些词被说出来，感觉在做梦。他想了想，谦卑地说：“应该有过，大鸟。我想起来了，这些写在古老的故事和童话里。但这都不现实，也许很久以前在世界上存在过，那时还没有花，没有善良的诸神。谁要去想这些东西！”

大鸟轻轻地笑了，声音尖锐。然后它伸直了身体，对男孩说：“这么说你现在想去找国王，而我应该给你指路是吗？”

“啊，你已经知道了，”少年高兴地喊道，“是的，如果你愿意，那请你带路。”

大鸟无声地降落到地面上，无声地将它的翅膀展开，吩咐少年把他的马留在这里，乘上它去找国王。

少年信使坐到了大鸟背上。“闭上眼睛！”鸟儿命令道，少年照做。他们飞行在幽暗的天空中，无声、轻盈，仿佛猫头鹰，只有寒冷的空气在信使的耳边呼啸。他们飞啊飞，飞了一整个夜晚。

当天破晓时，他们停了下来。鸟儿叫道:“睁开你的眼睛！”少年睁开了眼睛。他看到自己站在一片森林的边上，他的脚下是在第一抹晨曦中闪闪发亮的平原，亮得刺眼。

“你可以在森林这儿再找到我。”鸟儿叫道。它像一支箭射向高空，很快消失在蓝天中。

当年轻的信使从森林走进宽广的平原时，他感到奇怪。他周围的一切发生了翻天覆地的变化，他搞不清楚自己是醒着还是在梦中。草地、树木与家乡相似，阳光闪耀，风在开满花朵的青草间嬉戏，却看不到人与动物，也看不到房子与花园。这里就像少年的家乡，仿佛刚刚遭到了地震的摧残。变成废墟的房屋、折断的树枝、倒地的树、毁坏的篱墙以及被遗弃的劳动工具凌乱地散在地上。他突然看到，田野中躺着一个死人，没有下葬，可怖地处于半腐烂状态。面对这景象，少年感到体内升起一阵深深的恐惧和一丝恶心，因为他从不曾见过这样的东西。死者的脸甚至都没被盖住，因腐烂和鸟的啄食，看上去已经损毁了一半。少年移开目光，取来一些绿叶与花朵盖住死者的脸庞。

一种难以名状的、令人感到压抑的恶臭持久地弥漫在整个平原上。又一个死人躺在草地上，被乌鸦团团包围，还有一匹无头的马。人类与动物的骨头，一切都荒凉地散在太阳底下，似乎没有人想到花祭与安葬。少年担心可能是某种超出想象的灾难杀光了这片土地上所有的人，一个不留。死人是如此之多，他不得不停止采摘花朵盖住他们的脸。他惊恐地半闭着眼睛继续前行，尸体的恶臭和血腥味从四面八方涌来，难以言说的痛苦如一波波愈加澎湃的浪在成百上千的废墟与尸体上漫延开。少年信使觉得自己被困在了一场噩梦中，感到梦里有上天的警告，因为他家乡的死者仍没有花祭、没有葬礼。这时他又想起昨夜黑鸟在寺庙屋顶说的话，他似乎又听到它尖锐的声音——“还有比这更糟糕的。”

现在他认识到，大鸟把他带到了另一个星球。他目光所及的一切都千真万确。他记起孩提时几次听人讲古代的恐怖故事的感觉，他现在又感受到了：一种冰冷的战栗，战栗背后则是内心宁静、快乐的慰藉，因为一切过去很久很久了。这个恶行昭彰、尸横遍野、食尸鸟乱飞的怪异世界显得相当无稽，服从不可理喻的疯狂规则，发生的总是邪恶、愚蠢、丑陋的事情，美好和良善无处可寻。

这时他看到一个活人在田野上行走——那是一个农夫或者长工。少年快速地朝那人跑去，呼喊他。当走到近处看时，少年却吓了一跳，他的心蓦地被同情攫住，因为这农夫的外表丑陋得可怕，全然不像太阳的孩子。他看上去就像习惯了只为自己着想，习惯了遍地总是横行着假恶丑，像是那种永无止境地生活在可怕的噩梦中的人。少年的眼中，他的整张脸、他的本性中全无乐观和善良，全无感激与信任——这个不幸的人似乎连最简单、最理所当然的德行都缺乏。

少年控制住自己，满怀亲切地靠近那个人，像靠近一个被不幸做了记号的人，兄弟般地向他问好，微笑着和他说话。那丑陋的人像被冻结了似的站着，浑浊的大眼射出惊讶的目光。他的声音粗粝，毫无乐感，好似低等生物的嘶叫，但他不能抵抗少年目光中的欢乐和谦恭的信任。他盯着少年看了一会儿，皱纹满布的粗糙的脸上露出某种微笑，或是冷笑——很难看，但是温柔，令人惊叹，就像一个来自地狱的灵魂重生后的第一次浅笑。

“你想要我做什么？”那人问陌生的少年。

少年按照家乡的礼俗回答道：“谢谢你，朋友。请你告诉我，有什么我可以为你效劳的吗？”

农夫默不作声，一脸惊异，尴尬地笑着。少年信使用手指指四周，问他：“告诉我，朋友，这里怎么了，这些恐怖的、可怕的东西？”

农夫想努力听懂他的话，等信使重复了一遍他的问题，农夫说：“你从没见过这些吗？这是战争，这里是战场。”他指着一堆乌黑的废墟，喊道：“那里是我的房子。”当陌生少年同情地望着他时，他垂下眼睛，看向地面。

“你们没有国王吗？”少年继续问，农夫说有。他又问：“那他在哪儿？”农夫用手指往一处，可以看见极远的地方有一片小小的宿营地。少年信使把手按在农夫的额头，同他告别，继续前行。农夫用双手摸摸额头，忧虑地摇了摇沉重的脑袋，久久站立，凝视着陌生人。

少年穿过废墟，来到宿营地。到处是全副武装的男人，或站或走，没人看到他。他在人群与帐篷间穿行，找到宿营地里最大、最漂亮的帐篷——那是国王的帐篷。他走了进去。

帐篷里国王坐在一张简朴低矮的床铺上，他的大衣搭在一边，身后浓重的阴影里蹲着一个仆人，已经睡着了。国王弓着身子在沉思，他的脸俊美而忧伤，一缕灰色的头发垂在黝黑的额头前，他的剑躺在面前的地上。

少年怀着深深的敬意默默行礼，就像向自己的国王问好一样。他双手环抱胸前，伫立静候，直到国王看到他。

“你是谁？”他严厉地问，浓黑的眉毛皱到一起，但他的目光却驻留在陌生人纯洁欢乐的面容上。少年充满信任、友好地望着他，国王的声音不由变得柔和起来。

“我见过你一次，”他若有所思地说，“或者是你很像我童年时认识的某个人。”

“我是个陌生人。”少年信使说。

“那么那就是个梦，”国王轻声说，“你让我想起我的母亲。和我说话，告诉我你是谁。”

少年开始说：“一只鸟把我带到这里。我的国家发生了一起地震，我们想要安葬死者，却没有花了。”

“没有花？”国王问。

“是的，一点花也没有了。如果安葬死者的时候不能为他进行花祭，真的很糟糕不是吗？他本应光彩、快乐地转世。”

这时少年信使突然想到，还有那么多没被安葬的死者正躺在外面那可怕的旷野上，他停住了。国王看着他，点点头，重重地叹息。

“我想要去找我们的国王，请他给我们鲜花。”信使继续道，“可是当我停在山里的寺庙时，来了一只大鸟，说要带我到国王那里，然后它带我飞越天空到了你这儿。哦，亲爱的国王，那是一尊陌生之神的寺庙，大鸟就蹲在屋顶上。那神的石座上有一座极为罕见的雕像，一座一只野鸟正在啃噬神的心的雕像。我和那只大鸟在夜里有过一次对话，它说世上的苦难与坏事比我知道的要多得多。我到了这里，走过了那片荒野，才明白它的话。这几个小时我看到的无尽的痛苦与不幸，啊，远远多过我们最恐怖的故事里所写的。我来到了您这里，国王，我想问问您，有什么是我可以效劳的？”

凝神倾听的国王试着微笑，但他俊美的脸是那么严肃、那么痛苦，他笑不出来。

“谢谢你。”他说，“你是可以帮助我的。你让我想起了我的母亲，因此谢谢你。”

少年为国王不能微笑感到伤心。“您是那么悲伤，”他说，“是因为这场战争？”

“是。”国王说。

少年感觉面前这个人备受压抑却又相当高贵，他克制不住，不顾礼仪地问道：“请您告诉我，为什么你们要在这星球上进行这样的战争？谁该对此负责？您自己有责任吗？”

国王久久地直视少年信使，他似乎对这个放肆的问题不满，但他无法让自己阴郁的目光与这个陌生人明亮而纯真的目光长久相对。

“你是个孩子，”国王说，“有些事情你不能理解。战争不是任何人的过错，它像风暴与闪电，不请自来，所有人都必须同它战斗。我们不是战争的发动者，我们只是它的祭品。”

“那么你们大概死得很轻易？”少年问，“在我们家乡，尽管死亡并不让人满心恐惧——大部分人乐意投胎转世，许多人还感到快乐，然而永远不会有人敢于去杀死另一个人。在你们的星球上一定不同。”

国王摇摇头。“虽说我们这里杀人并不少见，”他说，“但我们把它看作最严重的犯罪。唯有在战争中它才被允许，因为在战争中，没有人为了私利、出于仇恨或忌妒去杀人，是集体要求他们做的。如果你相信他们死得轻易，那就错了。你从那些死者的脸上就可以看出来，他们死得艰难而且很不情愿。”

少年听到这一切，被这个星球上的人们所过的悲哀又艰难的生活惊呆了。他还有许多问题想问，但他清楚地预感到自己永远也不会理解这些黑暗、可怕的事情。是的，他感觉到自己体内也没有去理解它们的意愿。这些可恨的东西要么是一种低下秩序的产物，尚没有那些光明的神祇陪伴，正受着魔鬼的统治，要么就是这个星球受制于它独特厄运的一个错失和谬误。他觉得如果继续向国王刨根问底，逼迫他回答和坦白，只能让他痛苦与受辱——这过于难堪和残忍了。这些人，他们生活在对死亡的惊惧中，却又成群地相互扑杀；这些人，他们的脸既如那农夫的脸一样满是毫无尊严的粗野，又如国王的脸一样充满深沉而可怕的悲伤。他们令他难过，在他看来怪异又几近可笑——某种令人悲伤、令人羞愧的可笑与愚蠢。

但有一个问题他还是实在想问。如果说这些可怜的人是落伍者，是迟到的孩子，是一个滞后的、不安宁的星球的子孙，如果这些人的生命如同一次痉挛，在绝望的杀戮中终结，如果他们任死者曝尸旷野，或许还吃了他们——这在一些古时候的恐怖故事中也有谈及，那么在他们身上一定至少还存在着对未来的感知、对神的梦想以及某些如灵魂萌芽那样的东西，否则这个毫无美好可言的世界便只是一个错误，毫无意义。

“请原谅，国王。”少年用讨好的声音说，“请原谅，在我离开你这奇怪的国家之前，我还想再问你一个问题。”

“问吧！”国王说道。陌生的少年令他困惑。这位信使在许多事上像一个优雅、成熟、洞悉一切的精灵，在其他方面却像个小孩子。必须小心待他，不能较真。

“陌生的国王，”少年信使说道，“你让我变得悲伤。我来自另一个国家，寺庙屋顶上的大鸟说得对，你们这里有着无尽的苦难，多过我所能想象的。你们的生活看上去就像一场可怕的梦，我不知道，你们是由神明还是由魔鬼统治着。你看，国王，我们那里有个传说，以前我把它当作无稽之谈。那个传说中，我们也曾有过战争、谋杀、绝望。这些令人毛骨悚然的词语在我们的语言中已很久不使用了，要在古书里才会读到。它们听起来很可怕，还有一点点可笑。今天我认识到，这一切都是真实的；我看到你和你的国人做着我只能从古代的恐怖传说中知晓的事情，并因之受苦。但告诉我，难道你们在灵魂中没有感到自己做得不对吗？你们对光明、安宁的神明，对明智、激情的领袖和舵手没有渴望吗？你们睡觉时从不梦想一种别样的、更美好的生活吗——那里无人能行众人不愿之事，那里由理智与秩序统治，那里的人们在相处时除了欢乐与关爱别无其他？难道你们从来不曾想过，这个世界可能是一个整体，而在感知中敬仰这个整体，在爱中奉献并为之荣耀，是令人感到喜悦与康宁的吗？难道你们对被称作‘音乐’的东西一无所知吗？不知道敬奉神明祈求庇佑吗？”

国王听到这些话，低下了头。等他再抬起时，神情已变了，脸上浮现出一层微笑，尽管他的眼中含着泪水。

“漂亮的孩子，”国王说，“我分辨不清你是个孩子还是位智者，也可能是神。但我可以回答你，你所说的一切我们都知晓，而且存在心中。我们能感知幸福，感知自由，感知诸神。我们有一个关于古代智者的传说，他认为世界的整体是天宇诸空间的一种和谐共鸣。这样说你满意吗？你瞧，也许你是来自彼岸的福音，也可能你就是上帝本身，无论怎样你的心中没有幸福，没有权力，没有意志，于是我们心中也就不存有对此的预感、反省以及遥远的投影。”

突然，他高高地站了起来。国王的脸有一瞬间沐浴在灿烂的笑容中，仿佛浸透晨光。少年惊呆了。

“你走吧。”他朝少年信使喊道，“走吧，任我们打仗厮杀！你软化了我的心，你让我想起了我的母亲。够了！够了，可爱漂亮的小男孩。走吧，逃吧，在新的战斗开始之前！等血流成河、生灵涂炭之时，我会想起你，我会想起这个世界是个整体——我们的愚蠢、我们的愤怒、我们的野蛮都不能把我们与它分开。祝你好运，替我问候你的星球，替我问候那个以被鸟啃噬的心为雕像的神！我了解那颗心，了解那只鸟。记住，远方而来的漂亮朋友：当你想起你的朋友，想起这个身处战争中的可怜国王，那么不要想起他坐在床铺上，沉浸在悲痛中，而是想起他眼中含着泪水、双手沾满鲜血地笑！”

国王没有叫醒仆人，亲手掀起帐帘，让陌生人离开。少年怀着新的心思回到平原上，在天际的暮光下看到一座城池燃起熊熊大火。他跨过死去的人们，跨过马儿碎裂的尸体，待到天黑时，抵达森林的边缘。

那时大鸟也已从云中降落，它让他坐到翅膀上，他们穿过夜空往回飞，无声、轻柔，就像猫头鹰。

当少年从不安的睡眠中醒来，他躺在山区的小寺庙里，庙前潮湿的草地上停着他的马，马儿正朝着白日嘶鸣。关于大鸟、他到另一个陌生星球的旅行、国王以及战场的那些事他却全不记得。仅仅有一片阴影留在他的心里，一丝隐秘的微小疼痛，就如一枚细刺或无助的同情引起的疼痛；还有一个未被满足的小小愿望。它会在梦中折磨我们，直到我们最终面对它，向它示爱，分享它的欢乐，期待看到它的笑容。

少年信使翻身上马，骑了一整天，来到首都，找到国王。事实表明，选他当信使是对的。国王接见了他，抚摸他的额头，悲悯地向他问好，对他说："你的眼睛已经向我的心倾诉，我的心也已同意。你的请求在我听到它们之前，便已实现。"

少年信使很快就得到了国王的特许状：全国的花，只要是他需要的，尽数供他支配。陪同的人和使者一道上路，马匹与车辆加入他们的队伍；他们绕过山区，沿着平整的公路跋涉，在几天后回到了他的村庄；他带回了无数的马车、手推车与篓筐，全都装着采自花园和北方温室的最美丽的花。这下便有了足够的花，不仅可以装扮死者的躯体，装点他们的墓地，还可根据风俗的要求，为每一名死者种下一株花、一丛灌木和一棵果树苗，以示怀念。当少年装饰、安葬了他的朋友和爱马，在他们的墓前种下花、灌木和果树之后，悲痛也离他而去，他陷入沉默、宁静的怀念之中。

在他这般完成了自己的义务、达成了自己的心愿之后，他又回忆起了那一夜的旅行。他请求周围的人让他独处一日，这一日他在思想之树下坐了一天一夜，把他在陌生的星球上看到的图景在记忆中完完全全、毫无皱褶地铺展开来。之后有一天他找到长老，请求和他私下说话，把一切告诉了他。

长老听着，坐着沉思，然后问："我的朋友，你是亲眼看到了这一切，还是做了个梦？"

"我不知道，"少年说，"我相信这可能是个梦。不过，请您允许我这么说，我又似乎找不出和现实有什么区别，这件事现在仍让我觉得是千真万确的。我内心留下了一片悲伤的阴影，一股凉风从那个星球吹进我的幸福生活。因此我请问您，尊敬的先生，我应该怎么做？"

"明天，"长老说，"你再去一次山区，去那个你发现寺庙的地方。那神像让我觉得古怪，我对此从未耳闻，很有可能是另外一个星球的神。或许那个寺庙和它的神很古老，属于我们最早的祖先，属于那些遥远的时代——那时我们这里还存在武器、战争和对死亡的恐惧。你去找那个寺庙，亲爱的孩子，献上花、蜂蜜和歌谣。"

少年道了谢，听从了长老的建议。他拿了一碗上好的蜂蜜——初夏第一场节日通常被敬奉给尊贵的客人——还带上了他的鲁特琴。他在山中找到当初摘蓝色风铃花的位置，在森林中找到通往山上的陡峭的岩壁小路——他曾牵着马在那里徒步走了一会。但寺庙的位置以及庙宇本身、黑色的神座、木柱、屋顶以及屋顶上的大鸟，他却遍寻不着，当天没有，次日也没有。关于他描述的这座寺庙，没人知道一点信息。

他返回家乡，路过代表了“爱”与“怀念”的圣迹，便走了进去，献上蜂蜜，弹着鲁特琴唱起他的歌，向爱与怀念之神倾诉他的梦，述说那座寺庙、那只鸟、战场上那可怜的农夫和死者，说得最多的是营帐中的国王。然后他轻松地回到住处，在卧室里挂上象征世界一体的图画，在沉睡中回想这些天的所见所闻。第二天早上，他开始帮助邻居们，和他们一起唱着歌，努力清除花园中和田野上最后的地震痕迹。

艰难的路

站在峡谷的入口，黑暗的峭壁大门旁，我犹豫着，转头向后环顾。

阳光在那葱茏的世界中闪耀，令人愉悦，香蒲在草地的阴影间摇曳。那里多好，一切都温暖而惬意。在满溢着芳香和阳光的空气中，灵魂像一只毛茸茸的熊蜂，发出低沉、满足的嗡嗡声。也许我是个蠢货，要抛弃这一切，向山里攀登。

向导轻轻地触碰我的手臂。我把目光从深爱的景色中拉回，就像用力挣脱一池温热的浴浆。这时我看到了那峡谷——幽暗处一条小溪自岩缝流淌出来，溪边长着一小丛一小丛灰白色的草，溪底躺着被冲刷下来的各色石头，死气沉沉，暗淡无光，如同生物的残骨——那些曾经鲜活过的生物遗骸。

“我们歇一歇吧。”我对向导说。

他耐心地微笑，我们坐了下来。天很凉，从峭壁大门那儿涌来一股冰冷如岩石般的轻微气流。

可恨，可恨，走这样的路！可恨，穿过那令人不快的峭壁大门折磨自己，行走在这冰冷的溪流上，攀登这阴暗、狭窄、陡峭的深谷！

“这条路看着太可恶了。”我踌躇地说。

我的心中，激烈、狐疑、没来由的希望，像一抹垂垂欲灭的光闪动着：我们或许可以调头回去，但愿向导还能被说服，但愿这一切可以饶过我们。是啊，为什么不呢？我们来的地方难道不是美上千倍吗？那里的生活不是更富足、温暖、值得热爱吗？难道我不是凡人，不是个天真的、固有一死的造物，无权得到一点点幸福、一小缕阳光，欣赏满眼蓝天与鲜花吗？

是的，我想要留在那里。我没有兴趣扮演英雄与殉道者！如果我可以留在山谷中、太阳下，我这一辈子就知足了。

我已经开始打冷战，不能在这里长时间地停留。

“你冷吧？”向导说，“我们最好走起来。”

他说着站了起来，整个身体一下子拔高，微笑地看着我。微笑里不含嘲讽或同情，也不含严厉或关爱。那里面除了理解之外别无其他。那微笑在说：“我了解你。我了解你感受到的恐惧，也绝没有忘记你昨天和前天说的大话。你的内心这会儿像个胆怯的兔子那样绝望地上蹿下跳，对上方美好的阳光抱有的每一个念想，在你表露出来之前，我便已一清二楚。”

带着这样的微笑，向导看着我，朝黑暗的岩谷踏出第一步。我对他爱恨交加，就像死刑犯对脖颈上的砍头刀又憎又爱。我尤其蔑视他的了解、他冷静的引导态度，憎恨他缺少可爱的弱点，同时我憎恨自己内心一切认同他、许可他、想与他一致并跟随他的东西。

他已经走了好几步远，踩在黑色小溪中的石头上，正要拐过第一个石壁拐角，从我眼中消失。

“等等！”我满怀恐惧地喊，同时禁不住想道：如果这是个梦，那么我的惊恐会瞬间让它破碎，而我会醒过来。“等等，”我喊道，“我做不到，我还没准备好。”

向导站住了，平静地看过来，没有指责，却带着他可怕的理解，带着那难以承受的洞察、预见、“早已了然”的表情。

“要不我们还是回去吧？”他问。没等他把话说完，我已经满心不情愿地知道自己会说“不”，必须说“不”。同时，我心中旧有的、习惯的、亲密的、熟悉的一切在绝望地喊“说‘好’！说‘好’！”家乡与整个世界宛如一只带铁链的球拴在我脚上。

我想要喊“好”，尽管我清楚自己不会这样做。

向导这时伸出手指向山谷，我再一次向着那热爱的地方转过身去。这次我看到了所能见到的最令人痛苦的景色：我深爱的山谷与平原黯淡、无趣地躺在苍白无力的阳光下，那些颜色互不协调，显得刺眼，阴影如炭一般乌黑、毫无魔力。一切，被夺走了心灵的这一切，丧失了瑰丽与芳香——一切闻起来、尝起来就如同早已吃腻到恶心的东西。哦，正如我知道的，正如我担心和憎恨的，向导用这可怕的手法去除我所爱之物的价值，剥离精气神，篡其味，毒其色！啊，我知道了：昨日还是酒，今朝已为醋，而醋绝不会再变回酒，绝不会。

我沉默了，悲伤地跟在向导身后。他是正确的，一如既往地正确。好吧，至少他还待在我旁边，保持在视线之内，而不是——像常常发生的——在做决定的一刻突然消失，留我独自一人——独自与我胸中那陌生的声音待在一起，那个他所化身的声音。

我沉默着，我的心却热情地喊：“等一等，我就跟上来。”

小溪中的石头湿滑得可恶。一脚深一脚浅地踩在狭窄、潮湿的石头上走，石头在脚底变小、打滑，这样令人很是疲惫、头晕目眩。溪边小道也开始急剧陡峭起来，阴暗的岩壁靠得越来越近，阴郁地隆起；每一处尖角都阴险地企图卡住我们，永远截断我们的归路。凹凸不平的黄色石壁上流动着一层又稠又黏的水。天空消失了，我们的头顶再无云朵，再无蔚蓝。

我跟着向导走啊走，常常因恐惧与厌恶而闭上双眼。我看见路边一朵黑色的花，它有着黑丝绒一般悲伤的目光。它那么美丽，还亲密地朝我说话，但向导却加快了脚步。我感觉：如果我停留片刻工夫，如果我再朝黑丝绒般悲伤的眼睛投去目光，那么郁闷与无望的压抑就将太过沉重，以至无法忍受，我的灵魂就将被打入这个无意义与虚妄的嘲讽之域，永不脱身。

我浑身湿漉漉、脏兮兮地继续爬行，潮湿的石壁在我们头顶合得越来越拢；向导开始用他响亮、坚定如少年般的歌喉唱起他古老的安慰曲，他每迈一步便有节奏地唱道："我想要，我想要，我想要！"我很清楚，他是想给我鼓劲加油，他想要为我掩饰这地狱之行中可恶的艰难与绝望。我知道，他期待我加入他的哼唱，但我却不想唱，不想给予他这个胜利。难道我还有心情唱歌？难道我不就是一个凡人，一个可怜的普通人，违逆着自己的心，被拽进上帝也不能强求他做的事情之中？难道不该让溪边的每朵丁香、每朵勿忘我留在原地，如其本性那样地花开花落？

“我想要，我想要，我想要！”向导坚持不懈地唱着。哦，但愿我能调头回去！但我在向导奇妙的帮助下早已登上许多悬崖峭壁，而这上面没有归路，没有。内心在哭泣，叫人透不过气，但我无论如何不能哭出来。于是，我执拗而响亮地加入向导的哼唱，用相同的节奏与音调，但不唱他的歌词，而是一直唱“我必须，我必须，我必须”。单单这就不容易，一边攀登一边唱歌让我没一会儿便接不上气，不得不气喘吁吁地停下来。他却不知疲倦地继续唱“我想要，我想要，我想要”，并且逐渐地逼我也唱起他的歌词。这下攀登变得顺利多了，我不再必须，而是真的想要，再也感受不到半分唱歌引起的疲倦。

我心中越来越亮堂，与此同时，光滑的峭壁也向后退去，变得干燥，变得善意，还帮助打滑的脚跟站稳。我们的头顶出现越来越大片蔚蓝色的天空，就像一条夹在石壁间的蓝色小溪，不久又像一片蓝色的湖泊，不断扩大，越来越宽。

我试着更强烈、更诚挚地盼望。天上的湖越变越广，小道变得越来越好走，我有时甚至能在向导旁边毫不费力地跑上一段路程。出乎意料地，我看到山峰近在头顶，陡峭耸立，在通红的日光里闪耀。

在山顶稍低的地方，我们爬过细窄的岩缝，太阳刺得我眼花；等再睁开眼时，我害怕得膝盖打战，因为我看到自己自由地、无凭无靠地站在陡峭的山脊上，四周是无垠的天空和让人害怕的蓝色深渊，只有狭长的山顶像一架梯子细细地耸立在我们面前。但是天空与太阳又出现了，我们登上这最后的让人恐慌的地方，一步紧跟一步，双唇紧闭，眉头紧锁。站上来了，瘦小的我站在红光通透的石头上，置身凛冽而稀薄的空气中。

这是一座奇特的山！山顶，这我们爬了无数寸草不生的石壁才登上来的山顶上，有一棵树长在石缝中。那是一棵矮小、敦实的树，树枝短而粗壮。它伫立在那里，别致得不可思议，孤独、坚定、直挺挺地立在岩石中，树枝间是清冷的蓝天。树的顶端蹲着一只黑鸟，用嘶哑的声音唱着歌。

我们在世界的顶端短暂歇息，做了一场寂静的梦。太阳燃烧，岩石灼热，鸟儿嘶哑地歌唱。它的歌在说“永恒，永恒”。黑鸟唱着，它闪亮而无情的眼眸像黑色的水晶一样，注视着我们。它的目光让人难以承受，它的歌声让人难以承受，而最可怕的是此处的空旷与孤独，沉闷的天空大得令人眩晕。走向死亡是难以构想的狂喜，驻留此岸是无以名状的苦难。就要发生什么了。立刻！马上！否则我们与这个世界便要因恐惧而化为石头。我感觉有什么事情正要发生，正灼热地飘来，像一场暴风雨前袭来的风。我感到它在我的躯体、我的灵魂上蹿动，如滚烫的高烧——它正迫近，它正到来，它抵达了！

那鸟儿猛地从树枝上腾飞而起，直直扑进天地之间。

我的向导朝着青空纵身一跃，坠入闪闪发光的天空中，飞走了。

此刻命运的浪潮抵达巅峰，它卷走了我的心，它无声地散开了。

我已经在坠落。我跌下，我跳起，我飞翔——裹挟着寒冷的气旋。我欢乐无比，因狂喜的折磨而颤动着，向下穿过无尽的时空，飞向母亲的怀抱。

欧洲人

终于，上帝我主开了眼，在这个血腥的世界大战结束的日子，发了大洪水了结这尘世。洪水悲悯地冲走让这颗日益衰老的行星蒙受耻辱的一切：血染的雪地和火炮眈视的山峦，腐烂的尸体连同为其哭泣的人们，愤怒的、杀人成性的家伙，贫穷的、挨饿的连同精神错乱的人。

蔚蓝的天空友好地俯视这颗光亮的星球。

欧洲的技术直到最后一刻都证明自己是光辉闪耀的。面对缓缓上升的洪水，欧洲谨慎而顽强地坚持了几个星期。起初是借助由上百万战俘夜以继日修筑而成的巨大堤坝，之后是以神奇的速度人工堆起的高地，一开始看上去像是巨大的平台，后来逐渐耸立成高塔。人类的英雄气概、令人感动的忠诚在这些高塔上彰显到最后一天。当欧洲随整个世界下沉淹没的时候，最后矗立的那些铁塔上，探照灯依旧坚定不渝地发射出炫目的光芒，穿透沉沦的大地上潮湿的昏暗，而火炮射出的炮弹则仍以优美的弧线往来飞驰。末日前两天，中欧列强的领袖们决定用信号灯向敌人发出和平提议，然而敌人却要求立刻清除那些依旧矗立的坚固高塔，最坚决的和平拥护者也不能同意。于是，英雄般的射击持续到了最后一刻。

现在整个世界已被淹没。唯一幸存的欧洲人在一条救生筏上漂浮于洪流中，用他最后的力气忙着记录最后这些天的事情，以便将来的人类知晓：他的祖国比最后覆灭的敌人还多撑了几小时，这是他们永远的胜利。

这时，灰色的天际出现一个笨拙、庞大的黑色机动载体，慢慢靠近这精疲力竭的人。他欣慰地认出那是一艘巨大的方舟，并在晕厥之前，看到甲板上站着那位古老的祖先，高大，银须飘飘。一个巨型黑人把这漂浮的欧洲人捞了上去。他活了下来，不久后便苏醒。祖先亲切地笑了，他的工作圆满了——大地上所有的生物品种都救下了一个样本。

方舟缓缓地顺风航行，等待浑浊的洪水退却，这时间甲板上的生活丰富多彩起来。大鱼成群结队、密密麻麻地尾随船后，各色鸟儿、昆虫汇聚成缤纷、梦幻的飞行队盘旋在敞篷的船舱上空，每一个动物、每一个人都因被拯救、被选择去开始新生活而充满了喜悦。彩色的孔雀朝水面发出它响亮、尖利的晨鸣；快活的大象大笑着，高举鼻子喷水为自己与它的妻子洗澡；蜥蜴坐在阳光中的房椽上闪闪发亮。印第安人迅速地投掷尖矛，从无边的洪水中扎出亮闪闪的鱼；黑人在灶边用干燥的木头摩擦生火，高兴地在他肥婆娘的大腿上富有节奏地啪唧啪唧拍打起来；瘦弱的印度人双臂抱胸，斜身站立，自顾自地喃喃念起创世歌谣中的古老诗篇；因纽特人躺在太阳底下，小眼睛笑着，浑身热腾腾地冒着汗水与油脂，一只温和的貘凑上来嗅了嗅；矮小的日本人给自己削了一根细棍，一会儿架鼻梁上，一会儿放膝盖上，小心翼翼地保持平衡；欧洲人用他的文具为现存的生物建立一份目录。

团体和友谊开始形成，如果哪里要爆发争执，只消祖先的一个示意便可停止。大家都在一起快乐生活，只有欧洲人孤单地忙着他的记录工作。

这各色各异的人与动物之间兴起一种新的比赛，即每个人都展示他的技能与特长来一比高下。大家都争当第一，祖先不得不亲自出面维持秩序。他把大小动物分开来，又把人单列出来。每个人都必须自报姓名，并说出想用来拔得头筹的技能，随后再一个接一个轮流上场。

这精彩的比赛持续了好多天，因为常有小组中断自己的比赛而跑去观看其他小组的比赛。对每一个精彩的表现大家都报以热烈的掌声和赞叹。美妙的东西真是目不暇接！上帝的每个造物身上蕴含的天赋展现得何等光彩！生命的财富昭示无遗！笑声多么畅快，欢呼声、叫好声、掌声、跺脚声、狂笑声，不绝于耳！

黄鼠狼跑起来迅捷无比，云雀的歌喉充满魔力，昂首挺胸的火鸡走得华贵非凡，松鼠爬起树来敏捷得不可思议。山魈模仿马来人，狒狒则模仿山魈！跑的、爬的、游的、飞的，都不知疲倦地争强斗胜，每一个都令人折服，在各自的领域中不可超越。有的动物可以施展魔术，有的动物可以让自己隐身不见；有的动物通过蛮力脱颖而出，有的则借由诡计；有的通过攻击来获得胜利，有些则凭借防护技巧。昆虫可以变得看上去像青草、像树木、像苔藓、像岩石来保护自己；也有一些弱势的，知道在遭到攻击时放出难闻的气体保护自己——这引来了喝彩，也让大笑的观众四处逃窜。没有哪个落于人后，没有哪个没有天赋。鸟窝有编的、糊的、织的、砌的，猛禽可以从无尽的高空俯身下看，认出最细微的东西。

人类的表现也很出彩。高大的黑人能顺着房椽轻而易举地爬到高处；马来人只要三两下就把棕榈叶做成桨，在窄小的木板上用它来调整方向、转弯；印第安人能用轻盈的箭射中极小的目标，他的妻子能用两股韧树皮编出一张席子，引来连连惊叹；印度人走上前来，表演了几个魔术，令大家惊得久久不能作声；中国人则展示如何通过辛勤劳动让小麦的收成增长三倍，他教人把幼小的麦苗拔出来，再按相同的间距种下。

那位欧洲人出人意料地不招人喜欢，他多次挑剔其他人的行为，语气生硬、充满鄙夷，引发了他的人类远亲们的反感。当印第安人从蔚蓝的天空射下一只高飞的鸟，这白种人耸耸肩，声称用二十克甘油炸药就能射到三倍高，而等大家要求他示范一下，他却说自己不会，要有这个、那个，还要十件其他什么东西他才能做到。他也嘲笑中国人，说移栽麦苗需要辛苦的劳动，但这种奴隶式的劳作不能让一个民族幸福。中国人的反驳获得了喝彩，他回应道：“一个民族如果食能果腹，敬畏神灵，那就是幸福的。”但，欧洲人对此也报以嘲讽的大笑。

这场快乐的比赛继续进行，所有的动物与人都展示了他们的才能与技艺，让人印象深刻、心情愉快。祖先也在他的白胡须下笑着，赞扬道：“但愿现在洪水慢慢退却，让新生活在这片大地上开始；因为上帝衣衫上的每一条彩色丝线依旧存在，在大地上建立无尽的幸福所需的一样不缺。”

唯独欧洲人还没展示技艺，这下其他所有人都热烈地要求他上前去，展示他的本领，让大伙看看，他是否也有权乘坐在祖先的方舟中呼吸上帝赐予的甜美空气。

欧洲人一直找出各种借口表示拒绝。但这时挪亚亲自用手指向他的胸口，提醒他遵从。

白种人这下开始说：“我也训练了一种高超的能力。不是我的眼神比其他什么物种好，也不是我耳朵、鼻子、手上的功夫。我的天赋是更高层次的。我的天赋是智识。”

“展示一下！”黑人喊，大家挤得更近了些。

“没什么可展示的。”白人温和地说，“你们大概没有真正明白我的意思。我身上突出的东西是理性。”

黑人快活地大笑，露出雪白的牙齿；印度人嘲弄地撇撇薄嘴唇；中国人狡黠而和气地微笑。

“理性？”他慢慢地说，“那就请向我们展示你的理性吧。到目前为止还没见过这方面的东西。”

“没什么可看的。”欧洲人不快地抗拒，“我的天赋与特性是：我在我的脑中存储外部世界的图像，再从这些图像里创造出新的图像与秩序——完全只为我自己。我可以在大脑里构想整个世界，也就是说重新创造它。”

挪亚抬起手盖住了眼睛。

“请原谅。”他慢慢地说，“这有什么好处呢？把上帝已经创造的世界又重新创造一遍，而且完全只为你自己，在你的小脑瓜内部——这有什么用呢？”

大家都鼓掌赞成，纷纷发问。

“等等！”欧洲人喊道，“你们没有正确地理解我。理性的工作不像手上功夫那么容易展示。”

印度人笑了。

“哦，行的，白人兄弟，当然可以。给我们展示下理性的工作吧，比如算术。让我们比一比算术！听好：一对夫妇有三个孩子，每个孩子又建立一个家庭，这三对年轻的夫妇每一年各生一个孩子。到有了一百个孩子的时候，过去了多少年？”

大家好奇地凝神倾听，扳起手指开始算，目光游移。欧洲人也算起来，可是没一会儿，中国人报告说已经算出了结果。

“算得漂亮。”白人赞同道，“不过这无非是种技巧。我的理性不是用来搞这样的雕虫小技的，而是用来解决大任务，关乎人类幸福的任务。”

“哦，这个我喜欢。”挪亚鼓励道，“找到幸福的确比其他所有事都重要。你说得对。快点告诉我们，你关于人类的幸福有什么可以传授的，我们大家都会感激你的。”

这时大家都紧张地屏气等待着这个白人张嘴。现在要展现了！他值得尊敬，他要向我们展示去哪里找人类的幸福！请他，请这位魔术师原谅每一句恶意的话！他知道这样的事情，哪里还需要什么眼睛、耳朵和手的技艺、技巧，哪里还需要什么勤劳、算术！

面对这样满怀敬仰的好奇，始终一脸骄傲的欧洲人渐渐变得尴尬。

“不是我的错！”他犹疑地说道，“你们总是错误地理解我！我不是说我了解幸福的秘密。我只是说，我的理性致力解决的任务有助于人类的幸福。通往幸福的路很长，不管是我还是你们都看不到它的尽头。这个困难的问题还需要许许多多代的人苦思冥想！”

人们狐疑地站着。这男人在说什么？挪亚也看向一侧，皱起额头。

印度人对着中国人微笑，大家伙儿都尴尬地沉默了。这时中国人和气地说：“亲爱的兄弟们，这位白人兄弟是个幽默的人。他想告诉我们，他的脑中进行着一项工作，而它的结果或许我们曾孙的曾孙才能有缘一见——也可能见不到。我建议，我们把他当作逗笑者。他给我们讲的东西，我们大家都不能正确地理解，但我们感到，这些东西——倘若我们当真理解了——会带给我们无尽的欢笑。你们是不是也这样觉得？那么，好，为我们的逗笑者欢呼吧！”

大多数人都一齐欢呼起来，高兴地看到这个黯然的故事有了个结尾。有几个还是感到恼怒气愤。欧洲人则孤单一人，无人安慰。

傍晚，黑人在因纽特人、印第安人与马来人的陪同下找到祖先，对他说：

“尊敬的父亲，我们有个问题问您。那个白家伙，今天取笑了我们，我们不喜欢。我请您想一想：所有的人与动物，每头熊，每只跳蚤、野鸡、蜣螂，还有我们人，大家都有可以展示的东西，我们用它崇敬上帝，保护、改善我们的生活。我们看到了千奇百怪的天赋，有些让人发笑；就算是最小的动物，也能带来一些快乐、美丽的东西。唯独这个最后被我们捞上来的白皮肤的人，除了说些没人能懂、叫人讨厌的、奇怪、傲慢的话，影射别人，大开玩笑，什么也给不了。我们请问您，亲爱的父亲，这样一个物种在亲爱的地球上和我们一起开始新生活，是否正确？难道不会生出不幸吗？您只消看看他！他的眼睛浑浊，他的额头遍布皱纹，他的双手苍白无力，他的脸写满恶意与悲伤，从他那里感觉不到明亮的色调！他肯定不太对头——上帝才知道，是谁把这个家伙送到咱们方舟上来的！”

年迈的祖先亲切地抬起明亮的眼睛，看着提问者。

“孩子们，”他轻声说，浓浓的善意令他们的神情立刻变得明朗，“亲爱的孩子们！你们说的话有对的地方，也有不对的地方！但在你们发问之前，上帝已经给出了他的答案。我不得不同意你们，这个来自战争之地的男人不是一个令人愉悦的客人。大家看不大明白，这样的怪人为何一定要存在。但是上帝既已创造了这类人，便必然知道他为什么这么做。有很多事你们必须原谅这些白种人：是他们，将我们可怜的星球破坏殆尽，又一次遭到惩罚。可是你们看，上帝给出了一个信号，暗示了他在这个白人问题上的考量。你们所有人——你黑人，你因纽特人——在我们所期待的不久的将来，都能与你们亲密的妻子一起开始新生活。你有你的黑媳妇，你有你的印第安女人，你有你的因纽特老婆。唯有这欧洲来的男人孤身一人。我为此悲伤了许久，现在我相信自己领悟到其中的意义了。这个人在我们中间，是一种警示与动力。他或许是一个幽灵，但他不能够继续繁衍，除非他重新融入各色人种的世界中。你们在新地球上的生活他是破坏不了的。放宽心吧！”

夜幕降临。第二天早晨，在东方，圣山尖尖的、小小的峰顶从水中露了出来。